# 自分以外全員他人

西村亨

筑摩書房

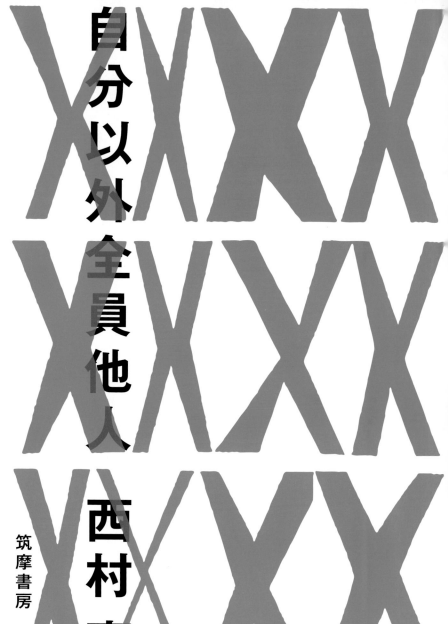

# 自分以外全員他人

装丁　佐々木俊（AYOND）

自転車を購入するのはちょうど十年振り、東北の地震の直後、計画停電の影響で電車の本数が少なくなったのを機に、三駅先の職場への通勤手段として購入して以来だった。その時に買ったのは一万円ちょっとの紺色のシティサイクルで、ママチャリほど野暮ったくはないもののペダルが重く、変速機能も付いていなかったため緩めの上り坂でも降りて押さなくてはならないという不便な代物だった。見た目よりも実用性で選べばよかったとすぐに後悔したが、そのうち電車も通常通り運行するようになり、結局その自転車で通勤したのはほんの三、四回、それからは少し遠めの公園に出かける時に使用するくらいで、数年後、引っ越しを機に市役所に引き取ってもらった。

その時の思いが残っていたのか、今回私が選んだのはママチャリでもシティサイクルでもなく、クロスバイクという種類の自転車だった。去年まで同じ職場で働いていた恩田さんが、ロードバイクを始めてから鬱が良くなったと言っていて、それまではいつも暗い顔で息も臭かったのに、毎日片道一時間かけて自転車で来るようになってからというもの、表情は生き生きとなり、口臭も気にならなくなった。冬になり、自転車に乗らなくなってからまた鬱が再発し結局職場を辞めてしまったけれど、その間だけでも楽になれるならと、すがるようにして私もこのたび自転車の購入に踏み切ったのだった。

恩田さんが乗っていた自転車は十万円もする物らしく、それでもロードバイクとしては安い方だと言っていて、そんなには出せないと思いながら手頃な物をネットで探していた時に見つけたのがクロスバイクだった。初めて聞く単語で、調べてみると、クロスオーバーバイクとも呼ばれ、ロードバイクとマウンテンバイクを融合させた性能を持つ自転車、ということだった。速く走れるようロードバイクの作りを踏襲しつつ、町中の段差やちょっとした未舗装路も安定して走れる太さのタイヤを備えています。値段も三〜八万円程と、スポーツバイクとしては比較的安価な価格帯で購入可能です。

安くても三万円。ママチャリならその半分以下で買えるのに、と一瞬セコい考えが頭に浮かんだものの、また似たような失敗はしたくなかったし、恩田さんの言っていた、風と一体になる爽快感、というのも少しは味わえるのではないかと思い、私はその日、高円寺駅高架下にあるサイクルショップへと向かったのだった。

店内には様々な自転車が種類ごとにびっしりと並んでいて、私はクロスバイクのエリアの前で一台一台車体と値札を確認していった。一番安い物でも四万円近くして、値段が高い物の方が見栄えが良く作りもしっかりしていそうだったが、私はぎりぎり三万円台の物の中からなるべく心にしっくりくる物を選んだ。オフホワイトのフレームにマットブラックのハンドルは落ち着いた雰囲気があって良いと思った。初めから買うつもりだったダイヤル式のカギの他に、サドルの盗難防止用のカギや、防錆効果のある潤滑スプレーなどを店員に薦められるままに購入し、盗難保険や自賠責保険に加入すると、すべて合わせて五万円を超えた。

サドルの位置は一番低く調整してもらったものの跨るとつま先立ちにならざるを得ず、店を出て家に帰る途中、信号で止まるたびにぷるぷるして恥ずかしかったが、自宅手前の信号で止まっている時、車体を傾ければ地面に足がつくことに気付いた。周りのスポーツ系の自転車に目をやると、サドルから腰を下ろしフレームに跨るようにして停車している自転車もあり、いろいろなやり方があるものだなと感心した。今まで街中で自転車を見る機会はあったのに、それに気付くことはなかった。何かを発見したり、それまでとは違う視点で世界を見るという感覚は久しぶりのことで新鮮だった。

ほんの数分の移動だったが、当然歩きよりも格段に楽で、坂を下っている時は特に気分が上向くのを感じた。しばらくは通勤専用になりそうだったが、慣れれば恩田さんのように長い距離を走ってみたいと思った。

マンションの駐輪場は前もって契約していた。築二十五年のワンルームマンションは六階建てで、ワンフロア六部屋ずつあるから満室で三十六人の人間が入居している計算になるが、駐輪場は九台分の置き場所しかなかった。白い枠線で仕切られている区画がその数しかなく、枠外のスペースに停められないこともなかったが、そうすると自転車の出し入れがスムーズにできなくなる、そんな狭い駐輪場だった。幸い、夜になるとどうかわからないものの、今は三台しか停まっておらず、壁の庇の下に一台、屋根の下の四台分の区域も真ん中に二台置かれているだけだった。利用者それぞれに停める場所が割り振られているわけではなく、管理会社と契約を結び、利用者の証である駐輪ステッカーを貼りさえすれば空いている場所のどこにでも停めていいということだったが、余計な恨みは買いたくなかった。図書館やサウナなどの公共の施設でもそうだが、いつも座っている場所を勝手に自分専用の場所とし、そこを使われたら嫌がらせをしてくる頭のおかしな人間というのはどこにでもいる。しかもこのご時世、そういう人間に出くわす確率はきっと日に日に高まっているはずだった。

先着順で置く場所を好きに決められる、というのであれば何の不安もなかったが、管理人が常駐しているわけでもない安い賃貸マンションの、しかも月ではなく年間千円の駐輪場代では、何の文句も言えるわけもなかった。

新品だから余計に、当然雨は避けたかった。屋根の下の右端の区画に自転車を停め、しっかりとケーブルロックをかけると、私はいったん部屋に戻り食事と風呂をすませた。夜に再び駐輪場に行くと、昼間同様私の物を含め四台の自転車が置かれているきりだった。念のため早朝にもまた見に行ってみたが同じ光景を目にするだけで、どうやらここで問題ないようだと、私は自分の置き場所が決まったことにとりあえずほっとした。

「もうすぐ暖かくなりますし大丈夫ですよ」

オーナーの押尾はそう言って、私の訴えをさらりと流した。最近精神的にしんどくて、いよいよ限界だと思うので来月いっぱいで辞めさせてください。もう十回は超えたに違いない退職願い。そのたびに、「改善します」とか、「努力します」と実際に動いてくれたり、「柳田さんがいなくなると寂しいです」と情に訴えられたりもしたが、手持ちのネタが尽きたのか、押尾は私の心変わりを、ついに気候に委ねた。暖かくなればなぜ大丈夫なのか、私には分からない。元々敏感な性格で、入店当初から他のスタッフや客の言動にストレスを感じてはいたけれど、昨年コロナ禍になってからはさらに精神が不安定になり、カーテンの乱暴な開け閉めの音が、床を蹴りつけるようながさつな足音が、粉々に砕かれたガラスの破片のように心に飛んで来ては、雑なベッドメイクを見るたびにげんなりして生きる気力を失った。たかがそんなことで、と人に言えば鼻で笑われるだろうし、余計な波風も立てたくなかったから黙っていたが、初めて退職願いを申し出た時、辞めたい理由を訊かれたので仕方なく押尾には話したところ、押尾は、「飲みに行きましょう」と言っただけで、私の悩みに直接触れてくることはなかった。単に気分が滅入っているだけだと思われたのか、そういうのは酒でも飲めば忘れられる取るに足らない悩みであると言われているような気がした。そんなふうにして人はみんな生きていて、それが生きるということなのだろうかと、コロナ前は酒席に参加したり、他人の言動を気にしなくなれる方法の書かれた本を読んでみたりもしたが上手くいかず、三回目の訴えで押尾は私の思いを反映させた店内ルールを作成し控え室に貼ってくれたが、初めのうちこそ改善されたものの、時間が経てばまた元通り、結局は人を変えるより自分を変えるしかないという結論に至るも、変えられないままに五年の時が過ぎた。

高円寺に越して来たのは六年前。一年間はそれ以前から働いていた浅草の店に通っていたが、親しくしていた人たちが次々と辞めていき、片道一時間かけて通う理由も無くなった頃、新たな職場は近場で探すことにした。ちょうど隣の阿佐ヶ谷にある店が求人募集を出していた。都内でたまに見かけるチェーン店で、ちょっとした受け答えと施術チェックだけで即採用となった。即採用、というのが少し不安だった。その店舗はフランチャイズで、オーナーの押尾は色黒で大胸筋が盛り上がっていて、金色の太いネックレスもしていたからもしかしてヤバい店なんじゃないかと思ったけれど、案外そんなものなのかもしれないとも思った。マッサージ業界に身を置くようになって五、六年経ったあたりから、六十分三千円という、それまでの半額の価格帯の店が増え始め、それくらいの値段なら試しにと新たな客層が生まれたり、元からの利用者がその頻度を上げたりと、需要が増えれば当然供給も増やさなければならず、どの店も人の確保に頭を悩ませているようだったから、よほど変な人間でない限り採用のハードルは以前に比べ相当低くなっているのだろう。その反面、昔ながらの価格帯の店は客離れが進み、歩合制の店の場合稼げないから需要の高い格安店へと鞍替えする人は多かった。浅草の店もそのような理由で人が離れていった。

採用を告げた後、押尾はしきりに来客数の多さや、他の店舗に比べ歩合率も高めに設定してあるという意味のことを話し、店を出る時には、他に面接の予定とか無いですよね、と念を押すように訊いてきた。

無いです、と答えると、押尾はほっとしたように不自然なほどの白い歯をのぞかせた。稼げる店だということをアピールしたかったのだろうが、私はそれよりも、チラシ配りが無く、支払いは券売機で、施術や雑用以外の空いている時間は何をしていてもいいというところに魅力を感じていた。

思っていた以上に店は忙しかった。私が入ったのは四月の末で、ちょうどゴールデンウィークと重なったため毎日土日並みの混み様だった。平日の暇な時間帯に客の案内や受付業務を教わり、慣れてから土日を迎えるというのが理想だったが、出勤するとすでに私の分の予約が入っていて、店長から一度接客マニュアルを口頭で伝えられただけで後はすべて自分でこなさなければならなかった。といってメニューがいくつもあるわけではなく、カルテの記入やポイントカードの作成などの手間も無かったので仕事自体にはすぐに慣れた。ただ、十分のインターバル以外ほぼすべての時間が予約で埋まるのは、ぎりぎり生活していけるお金さえ稼げればそれでいい私にとって望ましいこととは言えなかった。もちろんぎりぎりの生活費すら得られないよりかはマシだったが。

他のスタッフとプライベートな話をする時間的な余裕ができたのは入店して半年後、客足が若干遠のいた頃だった。肌寒くなったのと、近隣に似たような価格帯の店が何軒か増えたのが原因だった。忙しかった頃よりも一日に入る本数が一、二本減り、月にすると五万円程収入が少なくなったが、独身で恋人も無く、金のかかる趣味も無い私にはそれでも十分な収入だったし、むしろ体が休まるからそちらの方が良かった。

店長の新谷も、奥さんが看護師で自身もパチスロで月に十万円程の副収入があるためその状況を喜んでいたが、キャバクラ通いが趣味の渡辺や、マッチングアプリで知り合った福岡の女性と遠距離交際中の大竹は、しょっちゅう不満をもらすようになった。施術に入る順番について、それぞれ自分が多く稼げる形へのルール変更を求めたり、暇なのに残業して一本でも多く入ろうとした。そうすると当然他のスタッフが稼げなくなるが、そんなことにはまるで頓着していないようだった。お金のことよりも、そういう自分さえ良ければいいという考えが私には不快だった。そのうえ二日酔いで遅刻してきたり、安い航空チケットが手に入ったからと急遽シフトに穴を空けたりもするものだから余計にイラついた。他のスタッフから不満の声が上がり、押尾から注意を受けても二人の態度があらたまることはなかった。人手不足でクビにはなるまいと高を括っていたようだが、なら自分が辞めますと比較的まともなスタッフから言われるとさすがに押尾も彼らを切らざるを得なかった。

「前はもっと変な奴もいたんですよ。客とケンカしたりセクハラしたり。スタッフの財布から金盗んで警察沙汰になった奴もいたし」

週に一度、営業終了間際に券売機の両替をしにくる押尾は、店に私だけが残っている時、そのような愚痴をこぼした。

「そういうこと何度も経験してると、一目見ただけでそいつがどういう人間かある程度分かるようになるんですよね。でも変な奴でも取らなきゃならない状況の時もあって。だから柳田さんが面接に来た時、久しぶりにまともな人が来てくれたって嬉しかったんですよ。仕事も一番ちゃんとやってくれてるし」

がさつなスタッフや偉そうな客にうんざりし、辞めたくなってもその都度踏みとどまることができたのは、ただ普通に働いているだけでそんなふうに評価してもらえたからだ。何の努力も必要ではないから楽だった。けれどそんなぬるま湯に浸かり続けるうち、いつの間にかどこにも行けない体になっていた。また一から仕事を覚えたり、人間関係を構築することを考えると恐くて震えてくる。出たいのに出れないジレンマが、このところの神経症に拍車をかけたのだろうか。押尾の言うように、自分は本当にまともな人間なのか、私にはもうまるで分からなくなっていた。

しばらく雨が続き、ようやく天候に恵まれたのは自転車を購入して五日後のことだった。頭上には抜けるような青空が広がっていて、一日を通して晴れの予報だった。自宅から職場までの道のりを、今日は自転車で辿ることになる。人通りが少ないからほぼ毎回利用していた桃園川緑道は、自転車の進入を禁止していたためそこを避けたルートに変更する必要があったが、もう六年も暮らしている街だからだいたいの道が頭に入っていた。私が重要視していたのはそこにどんな店があるかとかではなく、いかに人に出くわさずにすむかということだった。だから駅前には滅多に行かなかったし、その辺りの店に入ったこともほとんど無かった。

今の職場で働くようになって、しばらくの間は電車を利用していたが、すぐに徒歩通勤に切り替えた。理由は、乗客のマナーの悪さにどうしても慣れることができなかったからだ。

行きはまだよかった。周りの人間に配慮せず、イヤホンから大きな音を漏らしていたり、携帯で電話をしている人間をたまに見かけるくらいですんだ。けれど帰り、高円寺駅で降りる時は必ずと言っていいほど降りる前に乗り込んで来る人間に遭遇した。ドアの真ん前で降りる素振りを見せているのにも関わらず、肩で押し戻すようにして乗り込んで来た。若くても年を取っていても、男でも女でも、酔っている場合もあったしそうでない場合もあった。そのたびに私は怒りにかられ、思わず手が出そうになるのを必死で堪えた。エスカレーター付近は混雑するからそこに停まる車両を避けるなどの対策を取ったこともあったが、何故マナーを守っている自分がそこまでしなくてはならないのかと思うとさらに怒りは募り、改札前でたむろして騒いでいる集団を避けたり、キャバクラやガールズバーのキャッチをかわすのも面倒だったので、いっそ歩いた方がマシだと思った。

自宅から職場まで、歩きだと三十分かかった。元々散歩は好きで、節約もかねて休みの日は片道一時間くらいの距離なら普通に歩いていたが、仕事前と後の三十分は、それが毎日ともなると苦痛だった。精神的に落ちている時は、途中でしゃがみ込んでもう一歩も動きたくない気分になることもあったし、帰りはアルコールの力を借りながらでないと歩けなかった。それまで飲酒の習慣は無かったのに、毎晩アルコール度数の高い缶チューハイを飲むようになった。夏場は汗だくになるから、なるべく行きだけは電車を使うようにしていたが、コロナ禍になってからはそれも完全に無くなり、替えのTシャツとボディシートは必ずリュックに忍ばせておかなくてはならず、忘れた時の自己嫌悪感といったらなかった。執拗に自分を責め、いたずらに傷つけた。けれどもう、今後はそれらのことに悩まされる心配は無くなる。

駐輪場から手押しでマンション前の細道に出て、大久保通りにぶつかったところでサドルに跨った。まだ慣れていないのでバランスを取るのが難しく、ちょっとしたひょうしに倒れそうで恐かった。左右を何度も確認してから車道を横断し、左側の自転車レーンを走行し阿佐ヶ谷方面を目指す。路上駐車の車がいくつかあったため、そのたびに車道側へはみ出さなくてはならず、対向車との間を通る時は十分な余裕があるはずなのに、なぜかひやっとした。二車線の道路から一方通行の道へ入ってからは比較的気が楽になったけれど、それでも脇道にさしかかるたびに子供や猫が急に飛び出してくる不安が頭をよぎり、周りの景色を楽しんだり風の匂いを感じたりする余裕は無かった。阿佐ヶ谷駅前の駐輪場に着いた時は心底ほっとするくらいで、とても恩田さんの言うような感動を味わえるような気はしなかったが、スマホで時刻を確認すると家を出てから十分しか経っておらず、腕と背中にこわばりを感じはするものの疲労感は一切なく、なぜかズルをしているような罪悪感すら覚えた。大袈裟かもしれないが、感覚的にはどこでもドアを手に入れたような気分で、帰りも一瞬で家に着き、習慣と化していたアルコールが欲しくなることもなかった。自転車通勤にするだけでこんなにも楽になれるのなら、安いママチャリで十分だったんじゃないかと思ったが、けれどそれはほんのささやかな恩恵にすぎなかった。

初めはそうでもなかったのに、むしろ最初の印象が低かったり悪かったりする方が、その良さを知ってしまうとどんどんのめり込んでいくものだというのは過去に何度も経験したことではあった。未だ通勤と休みの日に近所のスーパーに買い物に行く時に乗るくらいで、時間にして一回十分程度のドライブではあったが、ギアを上げ重くなったペダルを踏み込み加速する時の、ぐん、という手応えと疾走感。ゆるい下り坂をノーブレーキで、ハンドルではなく車体を傾けることによって脇道へとカーブする時の、一瞬ジェットコースターを思わせるぞわっとした感覚は癖になった。

職場は相変わらずつまらなかったものの、帰りの自転車を思えば何とか気を紛らすことができた。先月押尾に退職願いを申し出た頃は常に喉に何かが詰まっているような感じで息がしづらく、些細なことでスタッフや客にイラッとしてはそれを表に出さないよう必死に堪えていたが、最近はそんなこともなくなり、何故あんなことで腹を立てていたのかと逆に不思議に思うほどだった。簡単に言えば余裕が無かったのだ。人生の楽しみがまるで無かった。コロナ禍になってからはひとりカラオケもスーパー銭湯も行けなくなったから、幸せそうな人間が余計に妬ましく、そのうえ周りの迷惑もかえりみない身勝手な振る舞いを見せられると尋常でない怒りを覚えた。

押尾の言うように、暖かくなったから、というのも症状の改善にいくらか影響をもたらしてはいるのだろう。体が冷えると自律神経の乱れからイライラしやすくなるのは医学的に大抵の人に当てはまる確かなことなのだろうし。けれど一番の問題は楽しみが無いということで、その苦痛を和らげるための、目を背けるための楽しみがあるうちは何とか誤魔化していられるのかもしれない。だからそのために世の中にはいろいろな娯楽があり、人はいろいろなことをするのだ。良くも悪くも。時にそれが破滅へと繫がるものであったとしても。そういう劇薬に手を出す可能性はきっと自分にもあった。だからその前に自転車に出会えたことはラッキーだったと私は思う。

梅雨時はあまり自転車に乗ることができず、またしばらくは気分が沈みがちだったものの、梅雨が明けたら出かける場所をあれこれ想像することで何とかしのいでいた。独り身で大した苦労もなく、ただ生きているだけなのにしょっちゅう精神を病んでしまう自分が情けなかった。ただ生きているだけだからそうなってしまうのだろうか。あの時夕子さんと結婚していたら、彼女が望むように子供を作っていたら。幾度となく繰り返したその自問に対する答えは、彼女と別れて八年が過ぎた現在でも変わらない。遅かれ早かれそのプレッシャーに耐えかねて、逃げ出すか発狂していたに違いない。勘違いしていたのだ、自分でもちゃんとやれると。初めて恋人を得、一緒に暮らしたことで人並になれたと思っていた。けれど東北の地震や失業によって、また元の臆病な自分に戻った。将来に不安しか持てず、このまま一緒にいたら彼女を不幸にするだけだと思い、自分の方から別れを切り出した。

　別れてすぐに後悔したが、その時にはもう、電話もメールも繋がらなくなっていた。あの不安な状況の中で、彼女を支えられなかったのだから当然だった。私は自分にできる範囲内でしか彼女を大切にできず、彼女のために変わろうとはしなかった。彼女を幸せにできる他の誰かにそれを託し、それを優しさだと勘違いしていた。

　同棲を解消してからもそれぞれ駅の西口と東口で暮らしていたから、たまに駅のホームなんかで見かけることがあった。声はかけなかったが、細い糸でもまだ繋がっていると思っていた。またいつか元に戻れるという微かな希望は二年後、男と手を繋ぎ電車を待つ彼女の姿を見た時に完全に消えた。そうして私は、二度と彼女の人生の邪魔にならないよう、縁もゆかりもない遠い街へと引っ越した。

　生きる支えや希望などもうとっくに失ってしまったが、最低でもあと一年半は生きなくてはならなかった。来年の十月になれば、自殺でも死亡保険が下りるからだ。

　数年前から、四十五歳が限界なんじゃないかと思っていた。それは単なる自分の体感でしかなかったが、その体感も様々な人の体験を構成して作られたものだった。二十代の頃は、三十越えたら早いよ、と教えられ実際にそうなったし、四十になったらいろいろ出てくるよ、という助言もまた本当のことだった。まず髪の毛が薄くなり、目尻や額のシワが目立つようになった。体力が衰えたことで運動が億劫になり、その結果体重が十キロ増えた。肌にも若干ゴム感が出てきたし、毎日何も面白いことが無いから笑うことがなくなり、コロナ禍になってからはマスクで隠れているのをいいことに不機嫌な顔を抑えることもなくなったから人相も悪くなった。その悪い顔を毎日鏡で見ていると、日頃の尋常でないイライラも加味されて、このままだと自分は近い将来犯罪者になるかもしれないと思い込むようになった。そうなる前に死ななくてはならない。家族に迷惑をかけるわけにはいかなかった。母親や姪っ子に何もしてやれなくなる分、せめてお金を残すことにした。保険の規約によると、三年以内の自殺の場合保険金は支払われないことになっていた。加入した三年後がちょうど四十五歳だった。私はそのことに運命を感じた。

梅雨が明けた最初の休日、初めてのサイクリングは井の頭公園に決めた。電車や徒歩でも何度か行ったことがあったから、道のりはだいたい頭に入っていた。

環七通り沿いの広めの歩道を、とりあえず青梅街道目指して走る。まあまあの上り坂なのに、ギアを軽くすれば降りることも立ち漕ぎすることもなく進むことができて、私はそのことに小さな感動を覚えた。坂の頂上で青梅街道にぶつかり、左側通行を守るため信号を渡ると、今度は吉祥寺方面へと自転車を走らせる。青梅街道沿いの歩道は、環七通り沿いの歩道ほど広くはなかったので、前に複数の人がいるとスムーズに追い越すことができなかった。歩道の真ん中を歩く人や、横並びで歩くカップルなんかがいて邪魔だったが、本来自転車は車道の左側を走らなくてはならないと交通法で定められているため、今の自分に腹を立てる資格は無かった。車道の自転車レーンは路上駐車の車でひしめいていたので、歩道を走行するのもやむなしという状況ではあったし、ほとんどの自転車が徐行運転を心がけてはいたけれど、中には歩行者に執拗にベルを鳴らして威嚇したり、猛スピードで逆走してくる自転車なんかがいて、危うくぶつかりそうにもなった。ルールを守らない上にあつかましいその態度にムカつき、「左側通行だろ！」と怒鳴りたくなったが、仮にそうしたところで逆ギレされるだけだろうし、もしもカッときて手を出そうものなら、裁かれるのは自分の方だった。車道に出たら出たで自転車レーンからはみ出ないよう走っているのにわざとらしく幅寄せしてくる車がいるし、どこに行ってもどの立場になっても、生きている限り自分は損するようにできているんだと私はあらためて思い知った。

心の中で悪態をつきながら、実際にマスクの中で叫びながら、ロータリーや建ち並ぶビルのせいで混雑する荻窪駅前をなんとか通り過ぎ、しばらく進んだあたりでようやくひとごこちついた。まだ半分しか来ていないというのに先が思いやられた。ストレス発散のつもりが余計に募らせ、帰りのことを考えると憂鬱だったが、今はとにかく進むしかなかった。

だんだんと交通量が減り、歩行者の姿もちらほらとしか見かけなくなったあたりから、少しずつ胸が落ち着いてきた。喧騒から離れれば離れるほど気持ちが穏やかになっていく。都会での暮らしが自分にとってどれほどストレスになっているかという証拠だった。けれど田舎は田舎で人との距離が近すぎてそれはそれで煩わしい。どこにも理想的な場所なんて無いのかもしれない。妥協しながら生きるには、生に対する執着が弱すぎた。

吉祥寺駅のアトレという商業施設で、崎陽軒のシウマイ弁当を買い、井の頭公園のベンチでそれを広げた。池の前のベンチが空いていて、手漕ぎボートやスワン型のそれがゆったりと水面を滑り行くのを眺めながら、シウマイや甘く煮た筍、俵型のごはんに箸をのばす。メインのおかずは当然、箸休めの昆布や紅ショウガも美味しかった。咀嚼したそれらを、自販機で買った冷えた麦茶で流し込む。やわらかな木漏れ日に顔を照らされて、私は素直に幸せだと思った。その幸せな気持ちも、帰りの道中マナーの悪い自転車や車に遭遇するうちに消えてしまったけれど、その何気ない幸福感は癖になり、それから私は休みのたびごとに自転車で様々な場所に出かけるようになった。

初めのうちは片道一時間くらいで行ける公園を巡った。代々木公園は渋谷の雑踏が危なくて一度しか行かなかったけれど、背の高い木々に囲まれたサイクリングコースは下りだと漕がずとも結構なスピードが出るので、バイクを運転しているみたいで楽しかった。上野公園は以前松戸に住んでいた頃によく行っていたので懐かしかったが、新大久保のごちゃごちゃした通りを通過しなくてはならなかったため二度しか行かなかった。世田谷の砧公園は子供用の遊具が充実しているためか親子連れが多く場違いな感じもしたけれど、代々木公園と似たようなサイクリングコースがあったので三回行った。練馬の光が丘公園は入り口の広場や幅広のプロムナードが開放的で、映画の舞台のような雰囲気もあり好ましく、ここには四回行った。そのうち草木だけでなく川も見たくなり、上京してしばらくの間住んでいた調布の街も久しぶりに見たかったので多摩川に行ってみたところ、調布駅から真っ直ぐに南下したエリアが小さなダムになっていて、八月の炎天下にその光景はあまりに魅力的で、土手を下りて柵を越え、目の前で流れ落ちる水や、コンクリートに砕かれ白く泡立つ激流を眺めそのしぶきを浴びながら、全方位サラウンドの激しい水音を聞いていると癒されて仕方なかった。ずっとそこにいたいくらいだったがとても喉が渇いていたので、これもまた目的のひとつだったガリガリ君梨味を求めコンビニとスーパーをいくつか巡り、国領のヨーカドーに売っていたので店先のテーブルであっという間にたいらげるとさらにもうひとつ買って食べた。

一応日焼け止めは塗っていたものの日に日に黒くなりますます汚くなったけれど、自転車をやめることはできなかった。生活圏から離れ、自然豊かな場所でボーっとすることや、脱水症状を引き起こしそうなくらいに汗をかき、カラカラに渇いた喉に炭酸飲料やガリガリ君を流し込む時の快感といったらなかった。このまま死ねたら最高なのにと毎回思った。涼しくなればこの喜びを味わえなくなるし、さらに寒くなれば自転車に乗る頻度自体減るだろうから、今のうちに楽しんでおきたかった。

　夏の締めくくりに選んだのは、立川の昭和記念公園だった。スマホの地図アプリで都心を経由せずに行ける郊外の大きな公園を、親指で画面をスワイプしながら探していた時にどんと目に飛び込んできたのがそこだった。その圧倒的な存在感に私は惹かれた。片道三十キロ近くあり、これまでのおよそ三倍の距離というのも最後にふさわしいと思った。

　八月最後の月曜は、予報によると一日中晴れで、気温も三十五℃近くまで上昇するようだった。翌日からは曇りや雨が続き、気温も下がっていくみたいだったので、その日が最後のチャンスと言ってよかった。ちょうど公園で昼ごはんが食べれるよう逆算し、八時半に家を出た。

　方向的に荻窪吉祥寺を通過しなくてはならなかったので、繁華街では大いにイライラさせられた。狭い歩道を横並びで歩くカップル、真ん中をよたよた歩く老人、急に立ち止まるおばさん、逆走してくる自転車。歩行者は仕方ないとしても自転車とは立場が同じなわけで、しかも逆走しているのだからそちらが譲るのが筋だろうと思うも、まるでそんな素振りも見せずに猛スピードで突っ込んでくるものだからこちらが譲るしかなく、そのたびに胸がムカムカした。そんなふうにストレスを抱えながら何とか公園なり川なりに辿り着いてほっと息をつく、というのがこれまでのパターンだったが、その日はまだ目的地に着く前から、すっと胸が軽くなった。

小金井のあたりにさしかかった所だった。私はふいに、心が開放されるのを感じた。それは気のせいではなく実際に、空が開け景色が広がった。高い建物が急に無くなり、道幅も広くなった瞬間だった。車も人も視界から消えて、まるで違う世界に入り込んだ気分だった。そこには何の不安も恐怖も無く、怒りも後悔も自己嫌悪も無かった。ただ、自分、という感覚だけがあった。どこまでも広くて青い空の下、ただそれだけがあった。その時私は、自分が本当に求めているものを知ったような気がした。

立川駅のエキュートという商業施設で、定番の崎陽軒のシウマイ弁当を買うと、私はそれを昭和記念公園内の噴水前のベンチで食べた。たくさん汗をかいたので塩分と麦茶が死ぬほど美味しかった。帰りもたくさん汗をかき、途中のコンビニや自販機で500mlの飲み物を三本買って飲んだのに、家に着いて体重計に乗ると、行く前に計った時より三キロも減っていた。ほとんど水分が抜けた分に違いなかったが、それにしてもいい汗をかいたと思う。往復で六十キロなんて、本物の愛好家からしたらまだ序章にすぎないのだろうが、私には分厚い小説を一冊読み切ったくらいの達成感があった。

その日はそれほど疲れを感じてはいなかったものの、翌朝起き上がる時には膝と腰に痛みを感じ、足も胴体もくの字のままトイレに行かなくてはならなかった。走れば走るほど老いが近づいて来るのを感じ悲しくなったが、とはいえ十分な満足感が体の中には満ちていた。

九月半ばを過ぎたあたりから、近所の接種会場での予約も比較的取りやすくなった。不安だった高熱や頭痛といった副反応も、接種の前後にタンパク質やビタミンCを多く摂ることで軽減されるという情報をツイッターで得、私も準備万端整え打つ気でいたが、予約日の前日、これもまたツイッターで、ワクチンを打ってから抜け毛が止まらず禿げた、という画像付きの投稿を見てしまい、反射的に予約をキャンセルした。ワクチンを打てば万が一コロナに感染したとしてもほとんどの場合無症状か軽症ですむという話だったが、禿げたら確実に生きて行けないと思った。支えてくれる恋人でもいればまだしも、これ以上惨めなハンディキャップを背負いたくはなかった。感染対策には人一倍気をつけているし、電車にもほとんど乗らなければ人が多く集まるような場所にも行かなかった。ワクチンを打ったからといって感染しないわけでも人にうつさなくなるわけでもないというし、近しい人はすでに接種済みだから、これまで通り感染リスクを避けた生活を心がけてさえいれば自分の場合大丈夫だろう、と私は思うことにした。唯一の問題点は職場だった。自分がいくらマスクや手洗いうがいアルコール除菌を徹底していようと、それをおろそかにするスタッフや、素行の知れない不特定多数の客と接しなくてはならない。コロナ禍になってからはスタッフと会話することを避け、接客時も必要最低限の言葉しか交わさないよう気をつけながらおっかなびっくり働いていたが、それもこれもワクチンを打つまでの辛抱だと思っていた。ところがいざ打たないと決めてしまうと、それまでにも増して他人の言動が気になるようになった。

まず、店内のアルコール除菌、換気は私以外誰もやらなかったし、店長の新谷は、休みの日は必ず朝から晩までパチンコ屋に入り浸り、既婚者だが子供のいない樋山は毎週狭いライブハウスで踊り狂っているらしいし、二十代半ばの乙羽は絶え間のない性欲の波に流されるようにほぼ毎晩ガールズバーに通っていた。その他のスタッフも似たり寄ったりで、そういう話を小耳に挟んだり変な咳をしている場面に遭遇すると、それ見たことかと腹が立ったが、彼らは彼らで互いに気にする様子もなく楽しそうに話していた。

コロナに対する認識が、世間的にどう変わっているのか私にはほとんど分からなかった。テレビはほぼ観ないしツイッターで得られる情報も右か左かというような極端な意見ばかりで平均的なイメージが摑めなかったし、職場の人を基準にして考えるのは違うと思っていた。コロナはただの風邪だとかマスクに予防効果は無いという意見は当初からあったけれど、異端と見られていたその勢力に自粛疲れした人々が加わり、著名人が立て続けにコロナで亡くなったり、それぞれの理由で自ら命を絶った頃に漂っていた緊張感が薄れているのは感じていた。ガス抜きは大事だが、それでも刹那の楽しみを優先させた結果感染し、高熱や呼吸困難に長らく苦しめられるというのは割に合わないと私は思うし、自分が発症しなくても人にうつす可能性があることを考えると、元の生活態度に戻ろうという気にはなれなかった。もしかしたら自分は、人からコロナ脳とバカにされるような状態なのかもしれないと思う時もあったし、いろんな考え方があるのも分かるが、最低限、他人に不安を与えるような真似はするべきではないと思っていた。だからこそ、私は林のことがどうしても許せなかった。

林はコロナ前からの常連客だった。五十過ぎくらいの背の低い小太りの女で、以前は少しクセはあるものの口数の少ない大人しめの客だった。ところが店が緊急事態宣言にともない一カ月半休業し、営業再開したその日にやって来た時は髪の毛を金色に染め、態度も以前とは別人のように横柄になっていた。入り口のドアをバンと開け、受付に座る私に「今からいける〜?」と語尾を伸ばしながら発語すると、「男性スタッフ希望〜」と付け加え、ベッドに案内してからも細かく注文をつけてきて、そのくせ触られたくない場所を尋ねた時には言わなかったくせに足裏を押すと、「痛い！足裏無理だから！」とこちらに落ち度があるような言い方をしてきた。元々親の介護をしているという話をちらっと聞いていたから、そのストレスがコロナ禍で爆発したのかもしれなかったが、だからといって周りに八つ当たりしていいわけではないし、何よりマスクをしてこないというのがイラついて仕方なかった。身体的な問題で着けられないのなら、せめて大きな声を出すのを控えるとか、咳をする時は口元を手で覆うなどの仕草を見せるのならまだ許せたのにそれすらなかった。阿佐ヶ谷在住の乙羽によると、昼間歩行者でごった返す西友前の歩道を、林が自転車のベルを執拗に鳴らしながら猛スピードで走り去って行くのを見たことがあるということだったし、私も仕事終わりに西友で、マスクをせずに買い物している林を見かけたことがあった。大勢の人の目がある中でそんなことをするということは、もうそちら側で生きて行くことにしたのだろう。ヤバい人間であることを自らアピールすることで、物事を自分の有利に進めようとする厄介な輩。そういう生き方は卑怯だと思う私は、林に対する嫌悪感を日々募らせ、担当する時はもう以前のように愛想良く接することはできなくなっていった。

来なくなればいいのに、という思いを込め素っ気ない態度を貫いていると、林も以前のように大人しくなったが、他のスタッフがへりくだった態度で接すると、またすぐに尊大な態度を取り戻した。そういういたちごっこが一年以上続いたのち、東京の一日の新規感染者数が四千人超えという昨年の十倍以上の数になっても未だマスクをしてこない林にいい加減堪忍袋の緒が切れた私は、押尾に相談し、マスク着用を促すためのポスターを作ってもらった。これまでそれをしなかったのは、林以外にマスクをしてこない客はいなかったのと、周りから陰でコロナ脳とバカにされるのではないかという不安があったからだったが、今はそんなことを気にしている状況ではなかった。

入り口のドアにでかでかとそのポスターを貼り付け、来店時に口頭でも伝えたところ、次の来店時には林もようやくマスクを着用してきたものの、次の来店時にはまたしてこず、担当したスタッフも何も言わずに受け入れたものだから、以降二度としてくることはなかった。林はますます増長し、スナック菓子を食べながら施術を受けたり、連絡無しで遅れて来ては、次の予約の関係上時間短縮になることを告げると、じゃあ今日はいい、と言って帰るという迷惑行為にまでおよぶようになった。押尾は来店を断ってもいいと言ったが、店長の新谷は事を荒立てずに何とかやりすごしたいという態度だった。私はますますイラついて仕方なかった。客とはいえ何故あんな人間にそこまで気を遣わなくてはならないのか分からなかったし、そんな人間のせいで感染したとしたらたまったものではなかった。自分もそうだが、それよりも岡本さんにリスクがおよぶことが心配だった。

岡本さんは浅草の店で働いていた時の指名客だった。店を辞めてからは自宅への出張を頼まれるようになり、旦那さんの施術もするようになった。月に二回、隔週日曜日に浅草の彼女の家へと通うようになってからもう五年以上になる。二人とも人柄がよく朗らかで、私のような陰気な人間を快く受け入れてくれた。私もいつしか職場の愚痴やプライベートな悩みを話すようになり、高円寺に越してから今までなんとかやってこれたのもその時間があったからだと言ってよかった。だから二年前、彼女に癌が見つかった時はショックだった。しばらく気持ちが沈み食欲も失ったが、当人はそれほど落ち込んだ様子を見せず、すぐにそれを受け入れると前向きに治療に取り組み仕事も続けていた。だから絶対に、私はコロナにかかるわけにはいかなかった。

個人的な感情は割愛し、その旨を申し送りノートに書くと、私は林をNGとした。他のスタッフから顰蹙は買うだろうが、自分の身は自分で守るしかなかった。

厄介ごとがひとつ片付いたことで気が抜けたのか、それからはせっかくの休日にも何もする気が起きなくなり、あんなに熱中していた自転車も当初のような楽しさは感じなくなった。通勤時に乗るくらいで、他に趣味も無いので毎日つまらなく過ごしていたが、十月に入ってしばらく経った頃、感染者数がどんどん減り、このままこの騒動もおさまるのではないかというムードが世間に広まりだした。それは喜ばしいことではあったが、実際のところ、それが本心なのかどうか自分でもよく分からなかった。

自由にどこにでも出かけられるようになったところで、私にはもう、本当に行きたい場所なんてどこにも無いような気もしていた。

大晦日、十時過ぎに乗った電車はがらがらで、大手町で丸ノ内線から常磐線に乗り換えてからも、椅子に座ったまま松戸駅に到着することができた。駅舎を出ると見慣れた景色が広がり、帰って来たのだという気持ちになった。人生で二番目に長い時間を過ごした街だった。建物のひとつひとつにそれぞれ何かしらの思い出があり、見るたびにそれらが自動的に再生されるから、私は沼に沈まぬよう、足早に母の家を目指した。

そこはあくまでも母の家であって、実家という感覚はなかった。そのマンションは母の再婚相手のおじさんが購入したものだったから。十年ほど一緒に暮らしていた時期もあったが、おじさんと気安い関係を築くことはできなかった。むしろその間は険悪で、ちらほらとでも話せるようになったのは、私が家を出て、おじさんが定年退職してからだった。心から寛げる場所ではなかったものの、明日は船橋に住む姉家族もやって来る。正月に家族で集まるのは二年振りだった。久しぶりに姪っ子に会えるのは楽しみだった。

マンションは長い坂道を上りきり、そこから一キロほど進んだ先にあった。新築で入居してからもう二十五年になる。外壁は十年ごとに塗り替えられているからさほど古さは感じないものの、室内はところどころガタがきているようで、先月も風呂場の天井から水漏れがあり、工事に十万円かかったと母が嘆いていた。

暗証番号は忘れてしまったから、部屋番号で呼び出すと母が出た。オートロックの扉を抜け、エレベーターで六階に向かう。母の住む部屋は五階にあったが、三階から奇数階ごとに廊下が各部屋のベランダになるよう隔て板で仕切られていたため、一旦六階で降りてから短い階段を下りる必要があった。

玄関のカギは開いていた。中に入り声をかけると母が廊下に顔を出した。二年振りに会う母は、マスクをしていたから顔の老け具合は分からなかったものの、少し歩みが鈍くなっているような気がした。

「いらっしゃい、寒かったでしょう？　洗面所にタオル置いてあるから。昼ごはんは食べたの？」

「いや、まだ食べてない。こんにちは、お邪魔します」

手前の洋室の扉は開け放たれていて、床に寝っ転がってテレビを観ているおじさんにそう声をかけると、おじさんはこちらを振り返りくぐもった声で返事をした。洗面所で手洗いうがいをすませ、リビングに向かう。

「そばを茹でたけど食べるね？」

「うん」

そばは老夫婦の口に合うようやわらかめで、スーパーのエビ天もサイズのわりに中身が小さくてあまり美味しくはなかった。それでもきっと、正月価格でそれなりの値段はしたのだろう。そういえば、と思い私は言った。

「ところで、通販のカニはどうだったの？」

食べながら尋ねると、母はとたんにバツの悪そうな表情を浮かべた。やっぱりな、と私は思う。二週間前、突然かかってきた営業電話でカニを買ったということはＬＩＮＥのメッセージで知らされていた。タラバガニとズワイガニが二杯ずつと、松前漬けのセットが普通より安かったから試しに買ってみたということだった。

「生でも食べられるって言ってたのに、もう茹でてあるのが送られてきたがよ。それも小さいのが足だけ。子供たちも楽しみにしてたから、また別の通販で買ったのよ。

そっちはテレビのやつだったからちゃんとしてたけど。絶対に損はさせませんって言ってたくせに、嘘ばっかり」

いつもの被害者口調で母は嘆く。被害者には違いないが、同情はできなかった。

「なんでそんなの信じるの？」

顔も見えない赤の他人の言うことを、どうして信じようとするのか。何年経っても母は、田舎にいた頃の癖が抜けなかった。姉の上司の紹介で再婚することになり、四十代後半で初めて上京し、以来ほとんど専業主婦として暮らしてきたから可能だったのだろう。人を信じることは尊くて、騙すより騙される方がいいと未だに本気で思っているのかもしれない。それが正しい人間の姿だと。そうすることで自分の過去に折り合いをつけているのかもしれなかった。最初の夫がギャンブルで作った借金を、夫が蒸発後何年もかけて返し続けたことや、離婚を切り出した時に、「お前はお嬢さん育ちだから一生騙せると思ってた」と言われたことへの恨みに対する。

「サプリメントの時もそうだけど、そういうのもうやめた方がいいよ」

数カ月前にも母は、コレステロールを下げる効果があるというサプリメントの営業に引っかかっていた。一袋二十粒入りで、一個五百円と言われたので試しに買ったら、一万円の請求書が付いていたという話だった。

「そんな言い方されたら普通一袋五百円って思うがね。こすいよ、詐欺だがね」

「だから詐欺なんだって。お客様に喜んでいただくのが何よりの報酬ですなんて、嘘に決まってるじゃん」

「分かった。もう絶対買わない。知らない電話番号は取らない方がいいね」

「いやそういうことじゃなくて、上手い話とか甘い言葉は信じちゃダメだってこと。頼むよほんとに」

　自分が死んだ後、変な宗教に引っかかってしまわないか心配で、私は厳しめの口調でそう告げるが、そうやって騙されて文句を言うのが母の趣味みたいなもので、それを奪われたら逆に老け込んで余計にお金がかかってしまうんじゃないかという気もした。

　子供の頃から大晦日の夜はいつも鍋だった。夕子さんと暮らしていた時もすき焼きと寄せ鍋だった。三回目は無かった。彼女と別れたのは秋だった。今年はコロナのことがあるから念のため個々で食べられるメニューがいいのではないかと前もって提案していた。以前出してもらって美味しかったヤオコーの冷凍エビフライと、近くの市場で買ったという殻付きのホタテも肉厚で美味しかったのでリクエストすると、ついでにマグロとブリの刺身も買ってくれていた。

「晩ご飯は俺が用意するよ」

そう言って台所に立ったものの、コンロ周りも冷蔵庫の中もごちゃごちゃしていて、何をするにも動きにくく、物の所在をリビングで寛ぐ母にいちいち尋ねなくてはならずモヤモヤした。

「手を拭くタオルがこの辺にあるといいんだけど。キッチンペーパーのホルダーとかも。不便じゃないの？」

「使いにくくてストレスがたまるがよ」

「じゃあ今度100均でいろいろ買ってくるよ。あと浄水器も。備え付けの浄水器古くて修理できないって言ってたけど、蛇口に付けるタイプのが二千円くらいでニトリに売ってるし、いちいちスーパーで水のペットボトル買ってくるのも大変でしょ。今はまだ大丈夫でも、この先もっと足腰衰えてもくるんだから、なるべく生活を楽にしておかないと。死ぬまで生きるんでしょ？」

最後は変な言い方になってしまったが、聞こえていなかったのか母は、「少し考えてみる。頼むにしてもコロナが落ち着いてからでいいよ」とだけ言った。生活を便利にすることとコロナが落ち着くことに、何の関係があるのか私には分からなかった。

ダイニングテーブルには母とおじさんが着き、私は少し離れたテレビの前のローテーブルで食事をした。こういう形の方が気楽で良かった。おじさんと話すのは苦手だった。初めて会ったのは十九の頃で、その頃私は新宿のレストランを半年で辞め、鹿児島に帰り市内で一人暮らしをしながらビルメンテナンスの会社で働いていた。一応自立していたし、その歳で素直にお父さんなどと呼べるはずもなく、ぎりぎり未成年だったため提案はされたが籍にも入らなかった。おじさんも社交的な人間ではなく、どちらかといえば無口で偏屈な方でもあったから、お互いに気まずい状態のまま同居が始まり、初婚で友達も少ないおじさんは、結婚すれば賑やかで楽しい毎日が始まると思っていたようだったが、娘はまだしも息子の方は無口で暗く、やたらと金が出て行くばっかりで何もかもが思っていたのと違ったからますます酒に逃げるしかなかった。元々酒癖は悪く、無礼講という言葉を真に受けて早々に出世コースから外れ、同僚からも敬遠され、製パン会社の夜間配送の仕事をしながら長い間一人の生活を続けていた。姉も同居していた頃は話し相手になっていたから少しは気も紛れていたのだろうが、結婚して出て行ってからは現状の不満が抑えられなくなったのか、酔っ払っては私に説教してくるようになった。家を出ようにもフリーターで低収入の私はまず手に職をつけるために整体の学校に通い、就職してしばらく経ってから三十にしてようやくにその家を出た。

定年退職後は酒量が減り、自分でも自覚があるらしく、日本酒を飲むとおかしくなるからと、毎晩発泡酒に焼酎を少し入れた物を飲んでいる。酩酊しては母や私に出て行けと喚いたり、リビングに小便したりしていた時期はもう遠い過去だった。

おじさんにすすめられたので、私も苦手なビールをひと缶だけ飲んだ。今日は大晦日だから発泡酒ではなくビールなのだとおじさんは言った。でも結局いつも飲んでるのが一番旨いんだけどね、貧乏舌だから、と自嘲気味に言うが、その冗談に私は愛想笑いを返すことしかできなかった。最近はもうあまり飲めなくなったと言いながら、アルコールが入ると徐々に目がすわってきて、昔のように拗ねた表情を浮かべながら、政治や世間に対する苦言を呈し始めた。結婚当初から、晩酌の時はいつもそうだった。

「演説はいいから食べなさいよ」

昔のようにそれに付き合うことを、母はもうしなくなっていた。

「人が真面目な話をしてるのに、演説とは何だ、バカにして」

ムッとした表情でおじさんは言った。きな臭いにおいを感じ不安になったが、おじさんは口の中でもごもご言うだけで、昔みたいに怒鳴ることはなかった。

「はいはい分かりました。それより正月明けたら病院行きなさいよ。譲も見てごらんこの人の足を」

母に言われおじさんの足を見ると、足首から先が紫に変色していた。

「腰が痛くて足先まで痺れがあるっていうのにいくら言っても病院に行こうとしないのよ」

「病院とか、そういうのじゃないから」

「そういうのだがね。歩けなくなっても知らんよ」

坐骨神経痛ならマッサージでいくらか緩和させることができる。マッサージしましょうか、と口にしようとした私は、その前に紫色の足が気になり、靴下履いた方がいいですよ、と言い直した。

「いや、靴下は履かない。履いたら負けだから。貧乏な家で育ったからね、こういうパターンなんですよ」

パターン、という言葉はおじさんの口癖だった。

「またわけの分からんことを言って。お風呂であったためてきなさいよ。壊死するんだよ壊死」

おじさんが風呂場に向かうのを見届けると、母はうんざりしたように言った。

「相変わらずでしょ？　何年一緒にいてもわけが分からんがよ。この間もスーパーのカゴに入ってた年賀ハガキを、拾ったと言って持って帰ってきたんだから。店員に届けるでしょ普通」

何年か前にも散歩中、道端に落ちていたスマホを拾ってきて、部屋で弄くりまわしていたら突然画面が真っ暗になって動かなくなったからゴミ箱に捨てていたのを母が見つけたということがあった。なんで警察に届けないんだと問い詰めると、俺も昔財布を落とした時出てこなかったからとおじさんは言った。そういう考え方を恐いと母は言い、その時も私を相手におじさんに対する批難を口にしたが、以前のように、私は母のその意見に賛同することはできなかった。常識に守られながら田舎で暮らし、上京後はおじさんに寄生しながらろくな苦労も経験せず、自分たち母子はぬるい環境で生きて来た。そんな自分たちにおじさんを批難する資格はなかった。

おじさんはパンを運ぶことしか知らなかった。四十年以上ずっとパンを運んできたのだ。毎日同じことの繰り返しなのに、決して楽になることのない日々を耐えきった。仕事とはそういうものなのかもしれないが、自分ならすぐに逃げ出すに違いなかった。繁華街でヤクザに、「おいパン屋！　邪魔だからトラックどかせ！」と怒鳴られて、「すいませ〜ん」とペコペコ頭を下げながら謝ったという話を母経由で聞いた時は心臓がぎゅっとなったし、それを笑いながら話す母を見てどうかしてると思った。

「冷え性が原因のひとつだと自分でも言ってるくせに、靴下履きなさいよ、って何度言っても履かないし、人の意見を全然聞こうとしないのよ。あげくは価値観が違うですまそうとするんだから」

そんなふうになってしまうおじさんの気持ちは分かる。分かりたくなかったけど分かる。ひねくれた人間は、世間と正面から向き合うことができない。悪意ばかりを見てきたから、ふいに向けられた優しさを素直に受け止めることができず、上手く生きられないもどかしさから、誰にも理解されない独自のテーマを持とうとしてしまう。きっと苦しみに耐えること、打ち勝つことが自分の人生の本分だと思うことでおじさんは何とか生きている。

「最後はやっぱり血の繋がった家族だよ」

そういう母の考え方が、私には負担だった。無意識に、それを避けるための言葉が出てくる。

「そういえばさ、こうちゃんはなんで自殺したの？」

近所に住んでいた男の人だった。私が小学二年生の頃に自殺した。話した記憶はほとんどなかったが、いつも笑っている印象の大人しい人だった。車の排気ガスを利用した自殺だった。

「好きだった女の人にフラれたから。なんで突然そんなこと訊くの？」

「別に。何となく気になっただけ。俺もいつまで生きるか分からないからね」

「生きないとダメだがね」

「生きる理由も希望も無いし」

「若いんだからまた見つかるってよ」

「全然若くない。もうきったないただのおっさんだよ」

「ダイエットして、髪型もカッコよくしたらまだ大丈夫よ」

そういうことではない、と私は呆れるように首を振った。

「毎日イライラしながら生きて、いつおかしくなるかも分からないんだから」

「イライラしないように、楽しいことをするのよ。旅行したり、人と会ったりして」

「行きたいところも無いし、分かり合えるような人もいないし」

夕子さんとは分かり合えていたのだろうか。一時でも。少なくとも彼女と一緒なら、どこに行っても楽しかった。

「そんなの当たり前だがね。みんな他人なんだから」

そんなふうに、母はたまにぽろっと本音をこぼした。


翌日、昼前に姉が娘たちを連れてやって来た。大学三年生と高校一年生の姪っ子は、見ない間にそれぞれずいぶん大人びていた。上の子はほとんど大学には通えずリモートで、下の子は希望していた留学も行けそうにないという話だったけれど気落ちしている様子はなく、今やるべきことをやりつつ、楽しいことを見つけながら日々を生きているようだった。しょっちゅう抱っこをせがんできた頃みたいに、自分にできることはもう無いのだと思った。

義兄は今年も来なかった。結婚してから毎年来ていたが、三年前の大晦日、姉と喧嘩して以来こなくなった。元々夫婦仲は良くなかったけれど、そのいざこざが決定的な引き金となった。家族四人で家の大掃除をしていた時、義兄が拭いた障子から微かな異臭を嗅ぎ取った姉が何で拭いたのか尋ねたところ、コレ、と言って見せてきたのが洗ったばかりの義兄の靴下で、義兄はさらにそれでテーブルを拭いているところだった。信じられない、バカじゃないの、と文句を言う姉に、洗ってあるんだから一緒だろ、と義兄は反論して譲らなかった。水道会社で現場作業に従事する義兄の靴下は、洗っても落ちないくらい臭いの菌が染みついていたのだろう。そういうことを義兄は知らなくて、事あるごとに姉から文句を言われていた。悪気の無いことで怒られることに、いい加減うんざりしたのだろう。自分の周りはどうしてこうも可哀想な人ばかりなのだろうと、私は切なくなった。

姪っ子にはお年玉を、姉には隠れて保険証券を渡した。「コロナのこともあるし自分もいつどうなるか分からないから」と言うと、「まあねぇ」と姉は自身についても考えるように、神妙な様子で頷いた。

姉家族が帰った後、「姉ちゃんに聞いたんだけど」と母が不審げに尋ねてきた。

「あんたまさかバカなこと考えてるわけじゃないよね？」

私は首を振った。バカなことは何ひとつ考えてなかった。

二日までかろうじて二桁台だった東京の新規感染者数も、翌日から徐々に増え始め、三週目の週末には一万人を超えた。結局ただのぬか喜びだったのかとげんなりしながら過ごしていた二月半ばのある日のこと、出勤し、バックヤードで着替えたのち受付に行くと、同じく遅番の乙羽に「ちょっといいですか？」と声をかけられた私は、彼に続き控え室に入った。

乙羽はマスクをしていても分かるくらい、辛そうな表情を浮かべながら言った。

「柳田さんは昔よく、早く死にたいって言ってたじゃないですか？　暗い顔で口癖みたいに。でも最近言わなくなりましたよね。なんだか顔色も良いし。そういうのってどうやって克服したんですか？」

「別に克服したわけではないけど……」

他に答えようが無かった。言わなくなったのは単に職場で話さなくなっただけで、そういう気持ちは常に持っていた。「たい」ではなく、「のう」に変わってはいたけれど。顔色についての自覚は無かった。

私のその反応を気にする様子もなく、乙羽は続けた。

「実は僕も最近鬱っぽくて、改善させたいんですけど薬は飲みたくないからいろんな人の意見を聞いてるんです。でも友達に相談しても甘えるなとかほんとの鬱の人に失礼だとかしか言われなくて。表面上は普通に見えるし、平気な時は平気なんですけど、落ちてる時は本当にしんどくて。人の目が気になって一日中ベッドから出られなくなる時もあるし……」

乙羽が最近変だというのは少し前から気付いていた。頻繁にタバコ休憩を取ったり、欠勤や早退、出勤してもすぐに帰るということがしばらく続いていたので、今までのように一時的な体調不良ではないような気がしていた。毎晩大量に酒を飲むせいで、これまでにも二日酔いや胃腸炎でシフトに穴を空けることはあった。若さゆえかだいたい二、三日もすればけろりとしてまた痛飲を繰り返していたようだったが、五年前、二十歳そこそこで入って来た時の爽やかさはもう微塵もなく、年々卑しい雰囲気を一枚一枚その身にまとっているように私には見えていた。働き出して間もなく、神奈川の実家を出て阿佐ヶ谷で一人暮らしを始めた乙羽は、その寂しさを紛らすためなのか近所のガールズバーに通うようになり、毎月金欠でオーナーの押尾に前借を頼むということさえあった。当然貯金はなく、持続化給付金の百万円も一カ月で使い切ったという話だった。

私の同級生にもそういう人間はいた。財布の中に大金が入っていると、落としたらどうしよう、盗まれたらどうしようと不安になり、その日のうちに使い切ってしまわないと気がすまないのだと彼は言っていた。中毒になっていたのだろう。金＝快楽という図式が頭の中に出来上がっていて、それを奪われることを極端に恐れるからそうなってしまうのだ。乙羽はガールズバーの他にもパチンコやゲームにもハマっていて、そういった刺激を脳に与え続けていたらそれを得られない時の苦痛が増すのは当然で、そうならないよう私は強い刺激をもたらす娯楽からは距離を置き、アルコールも極力控えながらやってきた。今さらもう中毒者になった乙羽にそういった節制ができるとは思えなかったけれど、少しでも役立つならと思い私は言った。

「自分と乙羽君とでは状況も抱えてる問題も違うからあまり参考にはならないかもしれないけど、自分の場合軽い運動と食べ物でだいぶ改善されたような気がする。休みの日は午前中あまり人の通らない道をウォーキングして、西友のセルフレジで買い物して、なるべくたくさん野菜を摂って、一日一パックは納豆を食べて、酒の代わりに炭酸水を飲むようにしてる。最近は遠出はしてないけど、去年の五月から自転車に乗り始めたのも大きかったかな。それから……」

話し出すと次から次に言葉が溢れた。自分にもまだそんな優しさが残っていたのかと驚いたが、それは何も純粋に彼のことを思いやってのことではなかった。それも少しはあったがそれよりも、自分のことを話したいという気持ちの方が強かった。自分の人生に意味や価値を見出したいというような気持ち。その時はそのことに気付かずに、私はまるで自分がいい人になったような気分で話していた。仕事前のわずかな時間では伝えきれず、空き時間、結局二時間ほどで早退した乙羽にLINEを送った。

公園のベンチで木とか空とかをただ見てるのも気持ちがすーっとして楽になるよ。昔はそういうおじさんを見て、何やってるんだろうって不思議だったんだけど。

鬱のキツさはなった人間にしか分からないから、周りになんて言われても自分の気持ちを第一に考えた方がいいと思うよ。もし仕事がしんどかったら日数減らしたり他の仕事を掛け持ちして気分転換したり、それでも無理なら辞めたっていいんだし。押尾さんは引き止めるだろうけど、それで精神壊しても何の補償も無いし、自分の身は自分で守るしかないから、くれぐれも無理はしない方がいいよ。

ありがとうございます。こんな真摯に向き合ってくれて、少し楽になりました。樋山さんにも相談したんですけど、実家に帰れば？　としか言われなくて悩んじゃってて……。

普段仲良くしていてもこういう時に人間の本性というのは出るものだ。やはり都会で生きる人間は根本が冷たいのだろうと私は思った。

押尾さんとか店のこととか考えずに、自分にとってどうするのが一番いいのかを考えて決めた方がいいと思うよ。阿佐ヶ谷で暮らしたい気持ちがあるのならストレスを溜めないようにいろいろ工夫しながら生活するのもいいだろうし、地元の方が落ち着くのなら帰るのもいいだろうし。自分も野球の壁当てとか散歩とかサウナとか自転車とか、いろいろ試して上手くいったりいかなかったりしながら何とか生きてるし。とにかく体を動かすのはいいことだと思う。脳がじんわり熱くなってセロトニンが出てるなーって感じになるから。キックボクシングのジムとか無料体験やってるし、試しに行ってみるのもいいかもしれないよ。

ありがとうございます。明日用事で実家に帰るので、ついでに近所の温泉に行ってみようと思います！


次に乙羽とシフトがかぶったのは三日後だった。数日振りに会う彼は相変わらず元気は無かったものの、その顔からは先日のような切迫した様子は消えていた。自分のアドバイスが少しは役に立ったのかもしれないと思い私は嬉しくなった。早番のスタッフが二人とも施術中だったので、

「温泉どうだった？」

受付に座る彼に小声で話しかけると、乙羽はなぜかバツの悪そうな表情を浮かべて言った。

「結局温泉には行かなかったんです」

そうなんだ、と私がつぶやくと、

「心療内科に行ったらだいぶ気が楽になったので」

と彼は続けた。

「実は用事っていうのはそれで、先週阿佐ヶ谷の病院にも行ったんですけど、そこのお医者さんは冷たくて話もそこそこにとにかく薬を出そうとしてくるだけだったので、中学の頃に一時期診てもらってた先生の所に行ってきたんです。双極性障害だと言われました」

「え？」

乙羽にそんな過去があったとは知らなかった。それからその言葉も。首を傾げる私に、

「鬱病です。鬱病にもいろいろ種類があって、双極性障害というのは躁と鬱を繰り返す心の病気なんです」

真面目な表情を浮かべてはいたが、どこか得意がっているようでもあった。ものもらいで初めて眼帯を付けた中二の男子みたいに、マスクの下は片方だけ、口角が上がっているような気がした。

「具体的にはどういう症状があるの？」

「自分の場合は基本的に気分の浮き沈みが激しくて、明るい気分だったのが急に暗くなったり、突然死にたくなったり、動悸とか息切れとか、腹痛とか下痢とか、やたらと喉が渇いたりもします。躁の時に友達と遊ぶ約束をしても当日鬱だと断ったりすることもあるから申し訳なくて。そのせいでまた落ち込んだりもして」

それらはすべて過去に私も経験したことだった。けれど当時はそれが鬱病だとは思わず、そういう性格なんだと思っていたから病院にも行かなかった。自分で何とか克服しようと性格改善の本を読んだり、職場の人に遊びに誘われた時も、当日にならなければ行けるかどうか分からないから先の約束などしなかった。そのため多くの時間を一人で過ごしてきた。寂しいという思いはあったが、それは当然のことだと思っていた。そういう性格になった自分のせいだと。

「金銭感覚が狂って買い物とかギャンブルに走るっていうのもあるみたいです。アルコールに依存したりとか。僕もどうしてもそういうのがやめられなくてずっと自己嫌悪だったんですけど、病気だったんだと知れて楽になれました。全部病気のせいだったんだって。この病気は治るということはなくて一生付き合っていくしかないみたいなんですけど、最悪働けなくなっても障害者年金を貰うという手もあるみたいなので」

乙羽に同情し、親身になった自分を私は悔やんだ。悔やんだ時点で本当には彼のことを心配していたわけではないことに気付いた。ここぞとばかりに承認欲求を満たそうとしていただけで、樋山のことを冷たいなどと偉そうに批判する資格は私には無かった。

私のアドバイスなんてどうせ、右から左に受け流していたのだろう。そもそも相談自体、職務怠慢を咎められる前の予防策だったのかもしれない。自らのだらしなさが招いた結果なのにまるで被害者のような顔で話す乙羽を見ていると、いずれ国から庇護されるのも当然の権利といった考えにスムーズにシフトしていけるのだろうという気がした。

それを暗示するように、それからというもの乙羽は病気を笠に着てわがままに振舞うようになった。遅刻や早退、欠勤がさらに増え、厄介な客に当たりそうな時は辛そうな顔でこちらにふってくるし、そのくせガールズバーで仲良くなったという女の子を施術する時は楽しそうに話していて、そういうのを見るたびに私はイライラした。ところが他のスタッフは乙羽に同情的で、労わるような態度で彼に接していた。自分の性格が悪いだけなのだろうかと、私は日々悩んだ。確かに客に対しても、昔のように献身的な気持ちは無くなったし、些細なことでイラつくことが多くなった。施術中客から、「もっと強く」と言われたり、過度な強押しを要求してくるくせに肘を使うと「指で押して」などと言われると反射的に後頭部を殴りそうになったし、駅のホームから携帯でかけてきているくせに、「聞こえないんだけど」とこちらに非があるような言い方をしてこられると「そっちのせいだろ」と言い返したくもなった。個人指名はできないのにごねる奴や、自分の気に入ったスタッフとそうでないスタッフとではあからさまに態度を変える奴、施術中ベッドに肘をつきスマホで動画を観てる奴を見ると本当に死ねばいいのにと思った。昔に比べそういう人間が増えたとも思う。けれどそういう客にも、むしろそういう客にこそより愛想よく振る舞う同僚を見ていると、間違ってるのは自分の方なんじゃないかと思ってしまう。触らぬ神に祟りなし、という先人の知恵は素直に活用しておくべきなのかもしれない。でもできない。「いつもありがとうございます」とか「またお待ちしております」とか、思ってないのに言えない。最低限のマニュアルを口にするのが精一杯で、それすらも奥歯に物が挟まってるみたいにたどたどしくなってしまう。嘘をつくのが気持ち悪い。嘘をついてる人が気持ち悪い。

人の役に立ちたい、人から感謝されたい、そんな思いで始めた仕事だったはずなのに、なぜそんなことを思っていたのかすら、今はもう分からなくなっていた。

どんどん嫌な人間になっていく自分が嫌だった。

久しぶりに自転車で遠くに行きたかった。


ゴールデンウィークが明けた頃、朝からなんとなく妙な胸騒ぎを覚えながら職場に着くと、控え室に何故かオーナーの押尾の姿があった。

昼間に店に来ることは珍しかった。普段は週に一度閉店間際に現れては、券売機の両替やシフト作成などの雑務を行い帰るというのが常だった。

「少しお時間よろしいでしょうか？」

マッチョなわりに丁寧な言葉遣いは体育会系の名残りなのだろう。生まれ年は同じだが、早生まれのため学年的には一応年上の私に対してはその習い性が出てしまうようだった。若い男性スタッフには兄貴分的な、勤務態度の悪いスタッフにはそれなりの厳しい態度で接しているのを何度か見たことがあった。使い分けているというのではなく、自然とそうなってしまうのだろう。裏表がなく、嫌味がない。そう私は思っていた。押尾に気に入られているうちは、自分はまだ大丈夫だろうという、ひとつのバロメーターでもあった。

今月末をもってオーナーをおりることになりました、と押尾は言った。ギリギリの状態で何とかやってきたんですけど、もう気力が萎えてしまって。売り上げの話ではなかった。コロナ前と比べたら、もちろんそれもあるのだろうが、母親の鬱が酷くなり、付きっきりにならざるを得ない状況なのだと彼は言った。

「最近あったかくなって天気も良い日が続いてるのに外に出たがらないんですよ。元々家で編み物するのが好きな人ではあったんですけど、親父が死んでからどんどん弱っていって、近頃は何もしたくない、ご飯も食べたくないって言うようになって」

押尾の家は代々続く地主の一族らしかった。本人から直接聞いたわけではなく、入ったばかりの頃、押尾と懇意にしていた当時のスタッフから少しだけそういう話を聞いた。

「あの人別にこの店無くなっても平気ですよ。持ちビルの家賃収入の方が全然でかいし。それなりに利益が出てるうちは続けるでしょうけど、世間体のためにやってるって感じですよきっと。基本的に毎日ジムで筋トレしてるだけだし、タダで母校のラグビー部のコーチやって、メシも奢ったりしてますからね」

母親の面倒を見ながら、それなりの利益の出なくなった店を続けることはバカらしいことだとでも考えるようになったのだろう。赤字は免れていても、店舗経営にはいつ何が起こるか分からない不安とリスクがある。

「乙羽もそろそろ限界で、加藤さんも来月田舎に帰るみたいなので、また人集めるのも大変だし、店自体閉めようかと思ってたんですけど、本部に言ったらここはお断りもたくさん出てるのにもったいないって他のオーナーを探してくれて、秋葉原と門前仲町に店舗持ってる人が引き継いでくれることになりました。一応今いるスタッフの歩合率は下げないでくれって頼んどいたのでそのへんは安心してください」

「そうですか」

つい声が暗くなる。胸騒ぎの理由はこれだったのかと思った。どうしていつも嫌な予感だけは当たるのだろう。

「残念です。こんなこと言うのはよくないかもしれないですけど、押尾さんがオーナーのままが良かったです」

素直な気持ちだった。

「めんどくさいことばっかり言ってすいませんでした」

「とんでもないです。こちらこそ柳田さんにいてもらえて良かったです。おかげで今まで何とかやってこれました。不甲斐ないオーナーですいません」

辞めたいと言うたびに引き止めてくれたから、自分も今まで何とかやってこれた。でもきっと、今後はそういうわけにはいかなくなるだろう。口に出したらもう引き返せない。生きるか死ぬかの瀬戸際が、じりじりと近づいて来ているのを私は感じた。その時に備えるべく動き出す必要に迫られていた。

五月末日、押尾の送別会は阿佐ヶ谷駅からほど近い北口のダイニングバーで開かれた。総勢九名が参加するその飲み会には二階の席が用意され、部屋の奥の六人掛けのテーブルと、少し間をあけ、二人掛けのテーブルが二つくっつけられたそこが予約席となっていた。客は他に四人掛けのテーブルに座るカップルが二組いた。

幹事である新谷が、六人掛けの真ん中の席に押尾を座らせると、各自わらわらと思い思いの席に着きはじめた。隅の方で空気のように存在感を消していたかった私は、皆の動向をうかがいながらタイミングを計り、四人掛けの方の壁側の奥の席に着いた上村に続くような形で、一番端の席に着くことができた。目の前には麻生が、斜め前には樋山が座った。

それぞれの飲み物がテーブルに届き、乾杯の後は各々自由に飲み始めた。150分飲み放題付きのコースには当然、肉料理も魚料理も含まれていて、前菜としてまず出てきたのは生ハムのサラダで、それを上村が小皿に取り分けてくれた。

「すいません、ありがとうございます」

礼を言い、箸を手に取る。小洒落た葉物野菜を生ハムでくるみ口に運んだ。ドレッシングも凝っていて旨かった。何故肉を旨く感じるのか。明日からの日々を思うと、その脳の反応が私には疎ましかった。

次に運ばれてきたのはサーモンのカルパッチョだった。これは取り分ける必要がなかったので各自勝手に箸を伸ばす。私の好きなオリーブとモッツァレラチーズも載っていて、これもまた旨かった。専用の薄いグラスで飲むからか、苦手なはずのビールも美味しく感じられた。

「お飲み物いかがですか？」

店員の若い女性が上村に声をかける。彼のグラスはすでに空になっていた。

「それじゃあ生で」

「じゃあ私も」

そう言って樋山も残りを飲み干す。私のグラスにはまだ液体が半分ほど残っていて、対面の麻生は下戸らしく、頼んだウーロン茶をちびちびと飲んでいた。

はじめのうち会話らしい会話はなかった。食べ物や飲み物に対する感想をそれぞれ口にするくらいで、樋山と麻生が明日の仕事の段取りについて話したり、私は私で、「上村さんは最近家で飲んでるんですか?」と婿養子の彼の現状について尋ねたりした。昼間は整形外科で働き、終わってから平日の週五日アルバイトに来る彼に自由な時間はほとんどなく、休みの日に家で飲むことすら奥さんに禁止されているのだと以前嘆いていた。

「相変わらず嫁の目を盗んでコソコソ飲んでます」

細い垂れ目を糸のようにして上村は言った。結婚なんかするもんじゃないですよ、と彼はよく言う。柳田さんが羨ましいです。そう言われるたび、私は複雑な気持ちになった。

そんな感じで二十分ほどが過ぎた頃、二杯目のビールを飲み干した樋山が、

「そういえば柳田さんに訊きたいことがあったんだけどさ」

来た、と私は身構える。まるで用意していたように。実際覚悟はしていた。それはこの飲み会最大の不安要素だった。かつてオープンして間もない頃に開かれた飲み会で、乾杯の後ビールを一気に飲み干し、ジョッキをドン、とテーブルに置いた彼女が、当時働いていたあるスタッフに日頃の鬱憤をぶちまけたというのは語り草だった。開始早々空気が重くなり、それ以来二度と飲み会が開かれることはなかったという。田部さんとは私もほんの少しだけかぶっていたが、私より二つ年上の、小柄で頭の禿げた、プロボクサーのライセンスを持っているというだけで周りに対してなぜか偉そうな態度で接してくる面倒な人だった。彼は樋山の旧姓が河合であることを知るや、しょっちゅう「かわい〜かわい〜」とニヤニヤしながらからかっていたらしい。その話は樋山本人からではなく、星野という今はもういないスタッフから聞いていた。

樋山は普段何の愚痴も言わず、客やスタッフの前ではいつも明るかった。明るいというか空元気を出しているというか、何につけても余裕ぶるところがあった。いつも飄々とした態度で、人の前を横切る時は顔の前で手刀を作り、滑稽な動きで通り過ぎ

て行ったり、受付に置いた自分のスマホを人に取ってもらったりなどした時は、「はいすいません、はいすいません」と早口で二回礼を言った。二回言うな、と言いたくなるのを私はいつもぐっと堪えていた。樋山のそれらの言動はすべて、何かを隠すためのポーズのような気がしてならなかった。きっといつまで経っても自分の中で折り合いのつけられない、誰にも触れられたくないトラウマがあるのだろう。だから酒が入ると豹変してしまうのだ。おじさんと同じように。私自身、田部のように直接彼女に無礼を働いているわけではなかったけれど、心の中では彼女の奇妙な言動を気持ち悪く感じていたし、控え室でストレス解消のためかお菓子をむさぼり食ったりコーヒーをがぶ飲みしている様を見ると、その体型も加味されて、まるで豚のようだと思っていた。毎回、千と千尋の神隠しの冒頭のシーンを思い出した。コロナ禍になってからはほとんど誰とも話さず笑うこともないから、胸に秘めたその悪感情が空気中を漂い、薄められることなく伝わっているのではないかという不安をずっと持っていた。

ところがそんな私の不安をよそに、樋山はニヤニヤ笑いながら言った。

「最近読んでる本がどんどんそっち方面に行っちゃってるよね」

施術以外の時間は皆で分担し、洗濯などの雑用や受付業務を行っていた。私は受付にいる時は基本的に本を読んでいて、客が来た時はそれをそこに置いたまま施術に入った。その店で本を読む人間は私だけだった。私には信じられないことだったが、他の人は皆、本を読まなくても生きて行ける人間だった。そういう人は何か問題に直面した時、どうやってそれを乗り越えているのだろう。周りの人が助けてくれるのか。それとも嵐が去るのをただじっと耐えているのだろうか。受付に置きっぱなしにした本の推移から、樋山は私の心情を推し測っていたものらしい。直近では須原一秀の『自死という生き方』、その前は松田ゆたかの『孤独死ガイド』という本を読んでいた。

「この間新宿駅の構内で首吊りがあったらしいんだけど、それがほとんど人目につかない死角みたいな場所だったみたいで、やられた〜って思ったんだよね」

樋山はまたぐいとビールをあおると、ちらり、とうかがうようにして私を見た。

「いい場所といい方法さえあれば、私もいつでもいいんだけどね〜」

首を吊った樋山の姿が頭に浮かんだ。どうやら彼女に妙な仲間意識を持たれているようだったが、そう思われるのはあまりいい気がしなかった。昔から死にたいと言う人に会うと気持ちが楽になった。一人ではないという思いが安心感を生むからだったが、でもそれは、異国の地で同じ国の人に会った時に生じる喜びみたいなもので、最初はよくても話しているうちにだんだんとその感動も薄れてきて、共通の趣味や話題が無ければ会話ももたなくなるように、いくら同じカテゴリーに属しているからといって誰もが皆仲良くなれるわけではない。それぞれにこだわりやポリシーがあって、それがどれだけ重なるかによって相手との距離は近づいていく。一昨年まで一緒に働いていた恩田さんとは多少重なる部分があったから、彼女と話すのは楽しかった。反出生主義の彼女は、他人だけでなく自分のこともちゃんと憎んでいて、人間よりも犬や猫を愛し、自分が人間であることを恥じていた。そういう感覚は私にもあったが、樋山からはそれを感じなかった。私と樋山には、単に映画好きという理由でくくられる程度の共通性しかなく、一口に映画といっても様々なジャンルがあるのは言うまでもないことだった。それに私は別に自殺をしようと思っているわけではなかった。気が狂って人に危害を加える前に生きるのをやめようと思っているだけで、それは決して自殺ではなかった。そのための方法は端から見れば自殺と捉えられてしまうのかもしれなかったが、少なくとも私にとってはそうではなかった。だからといって自殺を悪だと思っているわけではなく、むしろ周りに迷惑をかけながらただだらだらと生き続けるより、よほど潔く立派な行為だと思っていたが、先ほど想像した樋山の姿には、醜いという感想しか持てなかった。

「樋山さんはどうして死にたいんですか？」

　上村が尋ねる。

「特に理由は無いんだけど、昔っからずっと死にたかったし、生きてても別にね。ライブ行くのは楽しいけど、そのために生きたいかっていうとそれも違うし」

「旦那さんとはどうなんですか？」

「いやぁもう単なる同居人。一緒に出かけることもないし、向こうは向こうで楽しみあるしね」

「なんですか？」

「風俗。財布に名刺とか割引券いっぱい入ってるよ。別にもうどうでもいいんだけどさ」

　あっけらかんと樋山は言うが、それもまたポーズなのかもしれなかった。

「男ってほんとしょうがない生き物ですよね」

　ありがちなフォローを入れた後、

「あ、でもいま梅毒流行ってるし、気をつけた方がいいんじゃないですか？」

神妙な顔で上村が言う。私もニュースで見たことがあった。ただれた皮膚の画像も。治療を受けても治らないケースもあり、ひどい場合には鼻骨にゴム腫ができ、鼻が陥没することもあるという。そんなリスクを冒してまで満たしたい欲望を、私は恐いと思った。

「大丈夫、もうずっとそういうのないもん。それにあっちの親が旦那に死亡保険かけてくれてるから、何かの病気にでもなって死んでもらった方が私的にはラッキーなんだよね」

それから樋山は旦那の愚痴をとうとうと語りはじめ、上村がそれに付き合った。対面の麻生は何も話さず、ただ黙々と食事を続けていた。暗いわけでも偏屈なわけでもなく、話しかけたら話してくるものの、自分からはほとんど言葉を発さない人だった。何を考えているのか分からなかったが、そもそも他人の心など分かるものではないのだし、自分や樋山のように、推し量ったり気にしたりする方が本当はおかしいのかもしれなかった。

鬱々としたこちらのテーブルとは対照的に、隣では二十代の乙羽と加藤を中心に明るい話題で盛り上がっていた。

「ヤングコーンってトウモロコシの赤ちゃんなんですってね。私最近までまったく別の物だと思ってました」

「そういうのありますよね。僕もブロッコリーは大きくなったら木になるんだと思ってました。そういえば小六の自由研究で鉢植えに入れて毎日水あげてたなぁ」

「それはさすがにバカすぎるでしょ」

げらげらという笑い声が上がる。酒が入っているからとはいえ、皆子供みたいに無邪気な笑顔を浮かべていた。最後にそんなふうに笑ったのはいつだったか、私はまるで思い出せなかった。

「ちょっとタバコ行ってこようかな」

じめじめした空気が気詰まりだったのか、そう言って上村が立ち上がると、それを目ざとく見つけた乙羽が、

「すいません上村さん、僕も一本いいですか？」

人差し指を立て、媚びるような笑みを浮かべ言った。

「お前今日から禁煙するんじゃなかったのかよ！」

即座に押尾が茶々を入れる。

「いやぁ、とりあえず明日からにします」

「OLか！　痩せられないOLか！」

また皆げらげらと笑った。

上村と乙羽がそろって階段を下りていくと、樋山がそそくさと私の隣に移動してきた。

「で、柳田さんはいつ、どうやって死ぬつもりなの？」

上目遣いで尋ねてくる。そのニヤニヤ笑いはアルコールのせいばかりでもなさそうだった。自分よりも惨めな人間を見つけたことが心底嬉しいのだろう。優越感に浸りたくてたまらないのだ。そういう癖はどのスタッフにも少なからずあった。個人事業主という自らの現状が不安だからだろうか。あるいはそういう性格だから会社勤めができなかったのか。乙羽は病院で実際に鬱と診断されてからというもの、自称鬱の私に、「気分が落ちてる時は甘い物がいいですよ。糖分には抑鬱感を和らげる作用があるので」などと浅い知識でマウントを取ってくるようになったし、他のスタッフも昔私がマナーの悪い客についてよく愚痴をこぼしていた頃、「どこ行ってもそういう奴はいますからね」とか、「パチ屋とか雀荘とかもっとヤバいですよ」とか、「私そういうの全然平気。他人に興味ないし適当にやってるから」などと言ってはここぞとばかりに半笑いでこちらを見下してきた。唯一上村だけは「分かります」と私の考えを肯定してくれたけれど、私が林をNGにした時、「林さんは柳田さん目当てで来てるんですよ」と意味の分からない嫌味を言ってきたので本心は分からなかった。

本当のことを話したらきっと余計にバカにされるだけだと思い、

「いや別に、何も考えてないですよ。本もただの興味本位で読んでただけですし」

そう言ってはぐらかそうとするも、樋山は依然としてニヤニヤしながら私を見ているだけだった。その顔を見ていると、私はだんだん腹が立ってきた。死について真面目に考えている自分が、なぜこんな、死を軽視した短絡的な人間に見下されなくてはならないのか。なぜこんな屈辱を味わわされなくてはならないのか。そう思うと、その悪意に一矢報いたいような気持ちになった。

私は樋山に向き直ると、なるたけ厳粛な表情を作り言った。

「ただ、死ぬならなるべく人に迷惑をかけない形にしたいとは思いますけどね。飛び込みとか飛び下りはもちろん、その姿が発見者にトラウマを与えるようなことにならないように。そういう配慮の無い自殺はみっともなくてダサいと僕は思います」

瞬間、樋山の顔から笑みが消えた。怒りとも悲しみともつかない目で私を見る。彼女のそんな表情を見るのは初めてだった。明らかな敵意を感じたが、私はむしろ、今の彼女の方が好きだと思った。もしかしたら自分は見誤っていたのだろうか。軽はずみな発言はお得意のポーズで、彼女にもまた私とは別種の、死に対するこだわりやポリシーがあるのだろうか、と思ったけれど、私は結局それを知ることはなかった。

「でもそんなの無理じゃん。明るい自殺なんてあるわけないし。それに今まで散々我慢してきたんだから、少しくらい迷惑かけたって……」

そう言うと、樋山は俯いたまま動かなくなった。頑なに心を閉ざしているのが見て取れる固まり方だった。周りの喧騒のおかげで二人のやり取りは対面の麻生にすら届いていなかったらしく、デザートのアイスを美味しそうに食べていた彼女は、「あ、樋山さんつぶれちゃった」とのんきに呟くと、通りかかった店員に水を頼み、またアイスの続きにとりかかった。皿にいくらか残っていたはずの料理も、いつの間にかあらかた片付けられていて、痩せてるのによく食べる人だな、と関係ないことを私は思った。水が運ばれてきてからはもうそういうことにすることにしたのか、会がお開きになるまで樋山は眠そうな様子を見せるだけでひと言も喋らなくなった。誰かが話しかけてもぼんやりとした目で見返しては、赤べこみたいにゆらゆらと左右に揺れるだけだった。その様を見て皆笑った。笑い声は間もなく間接照明の淡い光に溶け、話題はまた別の方向へと流れた。一瞬消費された樋山は相変わらず口を閉ざしたまま固まっていたけれど、私の頭の中には先ほど彼女が口にした、「明るい自殺」という言葉がいつまでもこだましていた。


「また痩せました？」

岡本さんはそう言うと、部屋の中央に敷かれた布団の上にうつ伏せになった。

「そうですね」

言いながら私は、彼女の上半身と下半身とにそれぞれ大きめのバスタオルをかけると、手のひらでしっかりと圧をかけながら、左右の腰から肩にかけて三回ずつ撫でた。

「前回より二キロ痩せました」

「一週間で一キロか〜いいな〜」

そう言って岡本さんは羨ましがるが、三年前病気が見つかってからしばらくの間、会うたびにみるみる痩せていった頃より、今のように少しふっくらとしている方がいいと私は思う。見た目がというよりも、その方が安心できる。

「ビーガンはまだ続けてるんですか？」

「そうですね。そこまで厳密ではないのでゆるビーガンって感じですけど。人から貰った時は食べますけど、自分では肉とか魚とか、それらの含まれた食べ物は買わないようにしています」

押尾の送別会の翌日から、私はビーガンを始めた。思っていたより順調で、もうすぐ一ヵ月半になる。

「普段は何を食べてはるんですか？」

「ごはんと味噌汁と納豆と、あとは野菜とか果物ですね。ナスとピーマンをゴマ油で炒めて、塩ふって醬油かけたやつがめちゃくちゃ美味しくて、野菜だけでも十分にごはんのおかずになるんだなって初めて知りました」

それを発見できたことが、というよりも、そうなれた自分が嬉しかった。子供の頃は肉ばかりを好み、野菜なんてほとんど食べたことがなかった。大人になってからはたまにサラダを食べるようになったり、すき焼きや天ぷらの春菊を美味しいと感じるようになったりはしたけれど、それはあくまでも健康のためであったり、添え物的な印象でしかなく、それをメインのおかずとして考えたことはなかった。

「肉とか魚とか食べたくなりませんか？」

「特にはならないです。人から貰った時に食べて美味しいとは思うんですけど、前みたいにまた食べたいとは思わなくなりました」

「きっかけはなんやったんですか？」

　マッサージを続けながら、私は岡本さんの質問に答える。もう何百回も揉んだ彼女の体のことは、考えなくても手が覚えていた。

「三年前にユーチューブで、たまたま肉食の残酷さを訴える内容の動画を見たんです。生まれて間もない子豚が麻酔もなしに素手で睾丸をむしり取られたり、生きたまま吊るされて解体される牛とか、狭いケージに閉じ込められたまま死ぬまで卵を産ませられる鶏とかを見て、可哀想だと思ったんです。心が弱っていた時だったので余計に、涙まで出てきて」

　弱っていたのは、抗がん剤の副作用で髪の毛が抜け落ちた岡本さんの姿を見たからだった。彼女がいなくなることを想像してどうしようもなく悲しくなったからだったが、そのことは言わずにおいた。

「可哀想だと思うのに食べるのは矛盾していると思ったので、それから一切食べなくなったんです。でも結局一ヵ月ももたなかったです。肉や魚を摂らなくなって初めのうちは体が軽くなって体調も良かったんですけど、後半から様子がおかしくなってきて。一応栄養バランスを考えた食事を心がけて、タンパク質も納豆とか豆腐とか、大豆食品で摂っていたはずなのにだんだんと全身がだるくなってきて、めまいとか頭痛までするようになって。大豆食品は摂り過ぎるとそういう副作用を引き起こすことがあることを知ってからはすぐに止めたんですけど、症状が改善されることはなくて。あと極度に気分が沈んで、やたらと暗いことばかり考えるようにもなりました。調べてみると肉には幸せホルモンであるセロトニンを生成する栄養素が多く含まれているということだったので、仕方なく松屋の牛めしを食べたら一口食べた瞬間にすぐ治って、あの時は自分ってなんて単純な人間なんだろうって悲しくなりました」

「いやいや、繊細やからそれをしようと思ったわけですから」

そういう見方もあるのか、と感心する。私の自虐を、彼女はいつもさらりとフォローしてくれた。

「それからはその罪悪感から目をそらして食べてきたんですけど、なんか心にずっと引っかかってて」

「罪悪感かぁ、確かに、残酷なシーンを見てしまうとそうなりますよね」

「すごく辛い時期に見てしまったので、かなりぐーっと心の中に入り込んでしまって。自分なんかを生かすためにこんなに苦しい思いを強いてたのかって。それが本当はずっと苦しかったと思うんですけど、その思いに限界がきたのか今年に入ってからさらに鬱がひどくなったので、また始めようと思ったんです」

職場の人にはできない話だった。こういう話をバカにもせず否定もせずに聞いてくれる彼女の存在に、私はずっと助けられてきた。

岡本さんと初めて会ったのは、もう十年近くも前になる。夕子さんと別れて間もない頃、新しい職場で初めてついた指名だった。人見知りの私にしては初対面からリラックスして接することができて、施術も強押しとか弱押しとか、特別な手技を要することもなく、ただ普通にしていることを気に入ってくれた。

「これを楽しみに毎日頑張ってます」

施術終わりにはいつもそう言ってくれて、それは私の心に空いた穴を少なからず埋めてくれた。彼女に会うのが楽しみで仕事も続けることができ、そのうち親しく話せる同僚もできた。どん底だった自分をぎりぎりのところで救ってくれた人だった。

元々綺麗な人だと思ってはいたが、異性というより人として、私は彼女のことが好きだった。どうして会って間もない頃からそう感じるのか不思議だったが、のちに似たような幼少期を過ごしていたことを知り納得した。夕子さんの時もそうだったから。そういう人にでないと、私は心を開けなかった。ただ彼女の場合私と違い、過去に囚われることなく前向きに人生を歩んでいて、ワーキングホリデーでいくつかの国を渡り歩き英語を習得すると、帰国後はその頃知り合った旦那さんと共に英会話スクールを長年営んでいる。様々な苦労があったようだがそれすらも楽しんでいて、オーストラリアでなかなか仕事が見つからなかった時、道端で通行人の肩を揉んでお金を稼いだことや、スクールの生徒を集めるために毎日駅前でシンディ・ローパーのコスプレをして歌っていた時のことを、冗談をまじえながら話してくれた。その明るさとバイタリティに憧れる私は、六つも年下であるにもかかわらず、彼女にいくつもの悩みや愚痴をこぼしてきた。病気が見つかってからはなるべく暗いことは言わないよう、特に死に関する話はしないよう心がけていたけれど、コロナ禍になって死が誰にとっても身近な存在になってからは、いつの間にか以前のようにそれらのこともつい話すようになっていた。

「ところでビーガンって、本の副題とかに完全菜食主義って書いてあったりするのでそういう意味なのかなと思ってたんですけど、調べてみたら脱搾取っていう意味なんですね。搾取をしないように、動物たちに苦しみを与えないようにっていう。そういう意識は常に持っていたいと思っているので、これからの自分の生き方には合ってるのかなと思うんですけど、ビーガンということを突き詰めて考えていくと、どうしても不食という所に行き着いてしまうんですよね。植物にももしかしたら痛みとか恐怖があるんじゃないかとか、農薬で殺される虫のこととかを考えると」

「なんにも食べないってことですか？」

「実際にそういう人っているらしいんですよ。物を食べずに水分だけ摂って生きてるっていう人が。そういう人のことはリキッダリアンって言うらしいです。液体のリキッド。他にも水分すら摂らない人たちもいるらしいんですよね」

「それは死んじゃうでしょ」

「あはは。そういう人のことはブレサリアンっていうらしいです。ブレスだけで生きるっていう意味で」

「呼吸だけで？」

「あとは太陽からエネルギーを得ているみたいです」

「水は必要じゃないですか？　人体の六十％は水でできてるんだから」

「どうなんですかね。空気中の水分を吸収してるとかですかね。自分はそこまでは無理だと思うんですけど、不食にはなれるんじゃないかと思ってます。水さえ飲めてたら、そういう意識にはなれるんじゃないかって」

「どういうことですか？」

「空腹とか飢えって、体の反応というより精神的なものの方が大きいと思うんですよ。食べ物に対する執着があるから、お腹が空いた時に食べたい、っていう欲望が生まれるんじゃないかって。でもその執着を手離したら、食欲自体は無くなると思うんですよね。お腹が空いてるという感覚はあっても、うわぁ食べたい、っていうような渇望は無くなるんじゃないかって」

「でも人間の三大欲求のひとつですからね。生存本能が無くならない限りは消えないんじゃないですか？」

彼女の言う通りだった。自分も子供の頃からそう教えられてきた。けれど今の私にはそれすらも、人間が勝手に決めたルールや常識みたいなものでしかないんじゃないかという気がしてならなかった。

「実は僕、二年前の自粛期間中、十日間ごはんを食べなかったことがあるんですよ」

若干胸をそらせるようにして、私は言った。うつ伏せの彼女にも伝わるよう、口調もそれらしく意識した。

「糖質制限をしたってことですか？」

「違います。さすがに僕でもそんなのわざわざ誇らしげに言わないですよ。ではなくて、食事を摂らなかったということです」

「え？　断食ってことですか？　十日も。信じられない」

「僕もまさかそんなに食べないことになるとは思わなかったです」

一昨年の四月七日、初の緊急事態宣言が発令されてから、私は一人で家に引きこもっていた。マスクや除菌薬の買い占めや高額転売、休業要請に従わない飲食店に嫌がらせをしたり、他県ナンバーの車に傷をつける自粛警察などが社会問題となっていることをニュースで知り、たまに買い物に出ても、スーパーの食料品売り場は昼間でもスカスカ、品切れ中のトイレットペーパーの棚には代替用のキッチンペーパーが並んでいるという不思議な光景を目にすると、この先世の中がどうなっていくのか、私には悪い想像しかできなかった。このままどんどん感染が拡大し、ウイルスを閉じ込めるために東京はロックダウンされ、その他の地域の国民を守るために、いずれ自分たち東京都民は日本から切り離されてしまうのではないかと本気で考えていた。他県に住む家族や友達が無事なら、それならそれでよかったが、苦しい思いをして死ぬのだけは絶対に嫌だった。私はとにかくコロナに感染しないよう、宣言が発令されて一週間が経った頃から、一歩も外に出ず、家の中でじっとして過ごしていた。

「そのうちなんにもやる気が起きなくなって、お風呂に入るのもテレビを観るのも、食べるのもやめたんです。もうなにもかもどうでもよくなってしまって。最初の二、三日は食欲も空腹感もあったんですけど、ごはん作るのがめんどくさくて放ってたら、四日目くらいから平気になって、空腹感はあるにはあったんですけど、それも数ある感覚のうちのひとつって感じで、それがイコール食欲には繫がらなくて、長時間正座した時の足の痺れよりも気にならなくなったんです。体はどんどんふらふらになっていったものの、水は飲んでいたので特に辛くもなくて、むしろ頭がすっきりして清々しいくらいっていうか。きっとあの時、意識が食べなくてもいいっていう状態に変わってたんだと思うんです。十日目の夜に岡本さんから連絡をもらったので、力を出すためにごはんに醤油をかけて食べたんですけど、十日間何も食べずにいたので食道に物が通るのが痛くてただただ苦痛でした。ああ、苦しみの世界に戻ってきたんだなぁって感じで」

「えーそうやったんですか。私めっちゃ責任重大じゃないですか。私が連絡してなかったらって考えたら、今ゾッとしました」

「すいません、そうだったんです。命の恩人と言ってもいいかもしれません」

この二年間、こんなことならあのまま何も食べずに死んでいた方が良かったと思うことはたくさんあったけれど、今はそうならなくて良かったと私は思っていた。

「本にも書いてあったんですけど、衰弱死する老人っていうのは案外苦しくないらしいんですよ。人間の体には苦しみが限界に達すると、それを和らげるための脳内麻薬を分泌する仕組みがあるらしくて、ランナーズハイがちょうどそんな感じみたいです。なので最初の二、三日を乗り越えさえすれば意外と楽だったっていう断食経験者は多いし、水が飲めずに死んでいく渇死に比べて、飢え死にはそれほど苦しんだ様子がなかったって戦争経験者の人も語ってました。なので水さえ飲んでいれば楽に逝けるんじゃないかって思うんです」

それは私にとって理想的な死に方だった。ただ無意味に生き続けるよりも、自分が正しいと思う生き方をして、他の命を傷つけず、自分も苦しめずに死んでいきたかった。

「僕も最後はそうしようって思ってるんです。自転車で、どこか遠くに行って」

「最後っていつですか？」

私は頭の中で言葉を選びながら、

「鬱が悪化して、家族に迷惑をかけるようなことになる前ですかね」

気が狂って、を、鬱が悪化して、に変換した。そうすることで少しは印象が変わるような気がした。岡本さんはしばらく口をつぐんだあと、

「もしそうするって決めた時は教えてください。黙っていなくならんとってくださいね」

それだけ言うと、また口を閉ざした。沈黙が少し気まずかったが、変に励まされたり病院をすすめられるより、私にはその反応がありがたかった。

それから会話は別の話題へと移り、二時間後、入れ替わりで旦那さんの施術をして

いると、台所からいつものように料理を作る音が聞こえてきた。トントンと何かを切る音や、ぐつぐつと鍋が煮立つ音を聞いていると、私はふいに、矢野顕子の『ごはんができたよ』という曲を思い出した。

ごはんができたよってかあさんの叫ぶ声
ボールが見えなくなったとうさんも帰る頃さ
楽しかったよきょうも
うれしかったんだきょうも
ちょっぴり泣いたけど
こんなに元気さ

それは、私にも岡本さんにも無い世界観だった。母子家庭の自分たちには、当然帰ってくるとうさんはなく、ごはんができたよとかあさんが呼びにくることもなかった。門限がある他の子とは違って、帰りが遅くなっても、怒られることはもとより、怒る人すらいなかった。それが逆に寂しいような恥ずかしいような気がして、自分にも門限があるふりをして帰り、一人の家で冷えたごはんをもそもそ食べて、ちょっぴり泣いたことを誰かに告げることもなかったし、元気でもなかった。それでもなんとか生きようと、自分なりに頑張ったり、幸せになれる方法を探したりしていた。

高校時代に付き合っていた彼氏の父親に、母子家庭だからと交際を反対された岡本さんは、

「今の時代にそんなこと言うの!? って、私めっちゃびっくりして」

と日本を飛び出し、紆余曲折を経て、今は私にその曲を思い出させるような家庭を築いている。二人の間に子供はなかったけれど、スクールの子供の誕生日には、他の子供たちも家に呼んでパーティーをするのだと言っていた。

自分にも、努力次第でそういう未来があったのだろうか。自分がもっとちゃんとした人間だったら、夕子さんとそういう家庭を作れていたのだろうか。家庭環境の不具は子供の心に多分な影響をもたらすのは事実だけど、それがすべてではない。大きくても数ある障害のひとつでしかなく、それを乗り越えた岡本さんを、私は心から尊敬していた。私もこれからそうならなければならなかった。

「ビーガンやってる人にすいません」

二人分の施術を終え、玄関で料金と紙袋を受け取る私に、岡本さんは言った。袋にはタッパーと大きな梨が二つ入っていた。ついでだから、と言って、毎回彼女は帰りに手料理を持たせてくれた。今日は鶏肉のさっぱり煮とサバの塩焼き、ひじきの炊き込みご飯とのことだった。

「ありがとうございます」

自分の体を気遣ってくれているのが分かるから、私は素直に礼を言った。彼女の方が大変な状況なのに、また心配させるようなことを言ってしまったと、私は反省した。次はもっと明るい話ができたらいいと思うけれど、今の私にとってはそれもまた明るい話だった。ようやく見つけた最後の希望だったから。

彼女の病気が早く良くなることを、私は心から願っていた。そのために少しでも役に立つことができたら嬉しかった。

「またお願いします」

玄関先でおしみない笑顔を向けてくれる二人に深く頭を下げ、私はその家を後にした。

新しいオーナーの広瀬は、本業で不動産会社を経営しており、忙しいのか店に顔を出すことはなかった。前オーナーの押尾がやっていた券売機の両替や売り上げの入金は、店長の新谷が行うことになった。広瀬は私が休みの日に一度挨拶に来たらしいが、物腰の柔らかいまともな人だったと誰もが口をそろえて言った。確かにそうなのだろうと私も思う。古くなった着替えやタオル等の備品を新しく買い替えてくれたり、空気清浄機やアロマディフューザーを導入するなど、客に対する気遣いに長け、控え室の小さな冷蔵庫を2ドアの物に買い替えてくれたり、それまで無かった電子レンジを買ってくれたりと、押尾のようにガツガツと利益を求めるのではなく、客やスタッフにとって居心地のいい環境を作ることを第一に考えてくれる人だった。シフトについても無理強いはせず、勤務時間も休みも自由に決めさせてくれ、契約通り一カ月前に申告しさえすればすんなりと辞めさせてもくれた。

予定通り乙羽と加藤が六月いっぱいで辞めると、次いで麻生も七月いっぱいで退職した。私だけでなく皆それぞれ一年以上前から何度も退職願いを申し出ていたらしいが、そのたびに引き止められていたという話だった。元々人手不足だったうえ、それからさらに三人少ない状態で一番の繁忙期を迎えることとなった。私も当然辞めたかったが、残るスタッフのことを思うと中々言い出せなかったし、無職になることへの不安も少しあった。せめて新しいスタッフが入れば気持ちも固まるのではないかと思っていたが、二カ月前から募集はかけているのに問い合わせすら無かった。

八月は例年通りの忙しさで、インターバル以外ずっと施術に入りっぱなしという日が続いた。全員が施術中の場合、受付対応は順番でこなしていたが、人数が少ない分回ってくるのが以前に比べ早く、忙しい時間帯には客から何度も手を離さなくてはならなかった。当然タイマーは止めていたが、中にはそれで不機嫌になる客もいた。

スタッフは日に日に疲弊していった。残ったスタッフは全員四十代で、元々腰痛や腱鞘炎に悩まされていた人たちはさらにその症状を悪化させ、コルセットやリストバンド、湿布薬や痛み止めで何とかカバーしていたものの、いつ誰が壊れてもおかしくないような状況だった。幸い私は怪我や持病の類は無かったが、二カ月前に比べ体重が十キロ減り、肉魚を食べないから一人施術するだけで以前の何倍もの疲労を覚えた。心なしか気も弱くなり、ガラの悪い客に入るのが恐くなった。何か文句を言われたらどうしようと怯え、頭の中でそのことを想像しては動悸が激しくなった。脱搾取の側に回ることで、搾取される側の気持ちを知ったような気がした。世の中は弱肉強食の理念で回っているのだとあらためて思い知り、今度は違う形の生きづらさに悩まされたけれど、とはいえまた元の生活に戻る気は無かった。その心境はむしろ私には都合が良かった。人間やこの世界への未練が自然と薄まるから。

休みの日は人のいない場所を目指して自転車を走らせた。仕事への影響を考えてそれほど遠くへは行かなかったけれど、人の姿や高い建物が少なくなればなるほど気持ちが落ち着いた。自分にはもう、他人も物も必要ではないのだ。自転車と水さえあればどこへでも行ける。力尽きた場所が寿命。そこを目指して走る。

最後は綺麗な景色が見れたら何も言うことはなかった。いつかテレビで観た、能登の棚田や海岸を眺めながら終われたら最高だと思う。

十月になればいつでもできる。昔から秋は好きだった。その寂しい雰囲気が自分の心に合っていたから。けれど旅立つ時期として考えた時、それは適切ではないような気がした。自分は明るい場所へと向かうのだから、その道は暖かい光の中になくてはならないような気がした。

私は旅立ちの時を春に決めた。九月まで何とか乗り切れば、十月からはいくらか気も楽になるだろう。とにかく春までの辛抱だ。春になれば。

その時を夢見ながら、私は自転車を走らせた。

鳥取から梨が来たから送ろうと思うんだけど、いつなら受け取れる?

九月に入ってしばらく経った頃、母からそんなＬＩＮＥがきた。毎年この時期になると、おじさんのお兄さんから梨が送られてくる。私にとってはまったくの他人だ。会ったことも無い。それなのにもうかれこれ四半世紀もその人が送ってくれる梨を毎年食べている。感謝の言葉も告げずに。今年は例年より少し遅いなと思っているくらいだった。

梨は私の好物だった。ガリガリ君も梨味が一番好きだったし、禁酒中でもスーパーで梨味の缶チューハイを見かけるとつい手に取ってしばらく眺めるほどだった。味もそうだが、子供の頃の思い出が強く影響していた。私が小学生の頃まで母はスナックで働いていたため、ほぼ毎日夜は姉と共に近所の祖母の家に行っていた。安普請な私の生家は、子供二人で夜を過ごすのには不用心だった。祖母の家ではデザートに梨が出ると歯を磨かなくてもいいという謎のルールがあったため、ズボラだった私はその時期だけは祖母の家に預けられることがそれほど嫌ではなかった。祖母や叔父から父親のことで嫌味を言われたり、従弟から意地悪をされてもそれほど気にせずにいられた。先日岡本さんに貰った幸水は甘くてみずみずしくて、その夜のうちに二つとも食べてしまった。

じゃあ、貰いに行こうかな。

私はそう返信した。高齢の母に送ってもらうのは気が引けた。それに直接会って話したいこともあったからそうした方がいいと思った。きっと梨だけでなく、ジップロックやタッパーに入れた手作りのおかずや、インスタントやレトルトの食品を段ボールにパンパンに詰めて送ってくるに違いなかった。近くの郵便局に持って行く途中に転びでもしたら大変だ。大腿骨骨折なんかしたら一気に老け込み寝たきりになってしまう。

来週の休み、疲れてなかったら貰いに行く。

店は未だ新しいスタッフの補充は無かった。面接は二回あったがいずれも未経験で、一人本部の研修センターに通ってもらうことになったと新谷は言っていたが、その後どうなったかは聞いていない。私も昔の知り合いにＬＩＮＥで声をかけてみたが、どれも既読スルーか未読スルーで、心に余計な傷を負っただけだった。

夏バテも加わり皆疲れ切っていた。ただでさえしんどいのに、そのうえ面倒な客の相手をしている余裕は無く、全員が林をＮＧとし、他にも厄介な客は断ることにして何とか店をまわしていた。

了解。無理しないでね。何か食べたい物ある？

野菜の天ぷらとソーメンが食べたい。

ビーガンになってから、ご馳走といえば野菜の天ぷらだった。一人暮らしだと油がもったいないしその処理も面倒だったので、たまにスーパーでできあいの物を買ってそれを冷たいまま食べるだけだったけれど。電子レンジは引っ越し当初から無かったし、冷蔵庫は買って一年ちょっとで壊れたまま、今は単なる物入れになっている。だから夏場にソーメンを食べることもほとんどなかった。

了解。他に食べたい物があったらまたＬＩＮＥして。

どこの家庭もだいたいそうなのかもしれないが、母は私が家に行くとやたらと食べ物を出してきた。心もとない小さな生き物を、とにかく大きくさせることに心血を注いでいた頃の名残りなのだろうか。もう十分大きくなった。今さら食べても仕方ないのに。

分かった。ありがとう。

翌週も、その次の週も、体調か天候のどちらかがすぐれず、比較的目覚めが良く、一日晴れの予報に恵まれたのは結局九月の最終日のことだった。今日まで無事に過ごせれば保険会社の免責事項を免れることができる。本来なら大人しく部屋の中でじっとしておくべきなのかもしれなかったが、あえて私は出かけることにした。あと少しで時効だというのに最後の最後に油断して捕まってしまう人間を、映画や小説の中で目にしてはその度にバカにしていたけれど、その人たちの気持ちが少し分かった気がした。ゴールを目前にした喜びと、自分の運命を試してみたいというような気持ちが体をうずかせていた。

スマホの地図アプリによると、自宅から松戸の母の家まで自転車で片道三十五キロとなっていた。それは去年行った立川の昭和記念公園より長い道のりだったけれど、実際に走ってみるとそれほど疲れを感じることはなかった。気温の問題もあるのだろうが、過去に一度それくらいの距離を走ったという経験が生きているのだろう。寒くなる前に野宿も一度経験して、来年の春の旅立ちに備えておこうと思った。ただ、去年より十キロ以上肉が落ちたためやたらと尻が痛かった。旅立つ時は今よりもさらに十キロ落としておくつもりだったし、一日の走行距離もこの二倍から三倍になる予定だったから、クッション性のあるサドルカバーも必要だと思った。意識せずとも自然と準備が整っていく。運命に導かれているのを私は感じていた。

「にしてもほんとに痩せたね〜」

玄関で対峙した時と同じ意味のことを、母は再び口にした。

「何キロ痩せたの？」

「今のところ十四キロくらい。あと十キロは落とす予定だけど」

リビングのテーブルで野菜の天ぷらとソーメンを食べながら、私は母の質問に答えた。揚げたての天ぷらは衣がサクサクしていて、嚙むほどに野菜のしっとり感とほどよく溶け合い、口の中に甘味と旨味が広がった。水をはったソーメンの器にも氷が入っていたので、麵がしっかりとしまっていて美味しかった。

「それはあんまり痩せすぎだよ。どうやって痩せたの？」

「食べる量を減らしたのと、肉と魚を食べなくなった。あとお菓子とか酒も」

「無理しちゃいかんよ、タンパク質は必要なんだから。肉とか魚も食べないと」

「別に無理はしてないよ。自分がそうしたいからそうしてるだけで」

母の方は見ずに、私は答える。なるべく冷静さを保っていたかったけれど、気持ちはすでに乱れていた。先ほどまでの感動が急速に薄らいでいくのを感じながら、残りの食べ物を淡々と口に運ぶ。

「でもあと十キロは痩せすぎだよ。働けなくなるよ。体力勝負の仕事なんだから」

「それならそれで別にいいけど」

「でも働けなかったら生きて行けないがね。どうするのよ」

「その時は生きるのをやめればいいだけの話じゃん」

そう言うと、私はつけ汁の器に箸を置いた。食事はまだ途中だったが、もう食べる気はしなかった。それに今日はこの話をするためにここにやって来たのだった。

「またおかしなことを言って。自殺するってことね？」

「自殺はしないよ。ただ生きるのをやめるってだけで」

母は無言で私を見返してきた。その二つの違いが分からないらしい。私にとってはまるで違うことだった。

「俺が肉とか魚を食べなくなったのは、別に痩せて見た目を良くしたいとか、健康のためとかじゃなくて、誰も傷つけない人間になるための一歩だから。ゆくゆくは不食になろうと思ってる」

「なにふしょくって？」

「何も食べないってこと」

「なんでよ、食べなかったら死ぬがね。人間は食べないと生きて行けないんだから」

「だからそういうことだよ。食べるのが生きるってことなら、それをやめるってこと」

「なんでよ」

「食べ物になる動物が可哀想だから」

「可哀想かもしれないけど、みんなそんなこと気にしないで食べてるがね」

「みんながやってるからってそれが正しいこととは限らないじゃん。間違ってるかもしれないよほんとは。人間が勝手に食べ物って言ってるだけで、殺される生き物は自分のことをそうは思ってないと思うよ」

眉根を寄せながら、母はじっと私を見た。

「あんたちょっとおかしくなってるんじゃない？　病院に行った方がいいよ」

「おかしいよ、みんな。それに気付いてるかそうでないかってだけで」

話が嚙み合わずもどかしかった。同じ言語で話していた頃もあったのに、それはもう遠い過去だった。おかしいと思うのならそれでもよかった。

「この先もっとおかしくなるかもしれない。今年に入ってから前よりもイライラしやすくなったし、頭の中が真っ白になって気が狂いそうになるのを必死で抑えてたから。ビーガンを始めてからはそういう感覚は無くなったけど、それもいつまでもつか分からないし、手遅れになる前に死んだ方がいいと思ってる。おかしくなって人に危害を加えて、家族に迷惑をかけるよりかはマシでしょ？」

母は何も言わなかった。その二択を迫る自分は酷い人間だと思う。けれど仮に頷かれたところで、むしろ私にはそちらの方がよかった。

「だから来年の春になったら何もかも捨てて、自転車でどこか遠くに行こうと思ってる。ご飯を食べずに水だけ飲んで、誰もいない場所を目指して、どこかいい場所があったらそこで静かに死んでいくつもり」

目的地は決まっていたが、私はそれを隠した。万が一にも邪魔されたくなかったから。

「まだ若いんだから、これからだがね」

「全然若くないから。もう終わってるから」

「大丈夫だってよ。私が再婚したのはあんたより四つも上の時だったんだから。あの頃はまさか五十前で田舎からこっちに出てくることになるなんて思ってもみなかったよ。あんたや姉ちゃんとも一緒に住めて、孫ともしょっちゅう会うことができて。人生はほんとに、いつ何が起こるか分からないんだから」

「そうだよ、分からないよ。俺だってこのまま生きてたら人殺しになるかもしれないから。そうなってからじゃ遅いから。絶対にそうはなりたくないから」

ふりしぼるようにして私は言った。もういい加減解放されたかった。これ以上ダメな人間になりたくなかった。せめて最後くらい正しくありたかった。

母はしばらく黙りこんだあと、

「もしやるにしても私が死んでからにしてよ」

その言葉に私は失望した。

「自分が死んだ後なら何してもいいってこと?」

「そうじゃない。そういう意味で言ったんじゃない」

「何が違うの?」

「子供に先立たれることがどれだけ辛いことか、あんたには分からないのよ」

「分からないよ、俺には子供がいないから。子供をもとうなんて思ったこともない。

そんな残酷なこと。自分と同じような思いをさせたくなかったから。早く死にたいって、そればっかりを思ってずっと生きて来たから」

そんな人間に誰かを幸せにできるわけがなかった。生きる力を与えられるわけがなかった。不幸の連鎖を断ち切ることだけが、自分にできる唯一のことだと思って生きて来た。

「親より先に死ぬ人なんて世の中たくさんいるよ。自ら死を選ぶ人だって。誰だって例外じゃないから。特に今はそういう時代だし。この先コロナが収まったところで、社会に明るい要素なんてひとつも無いし、そんな中で生きたって自分は損するだけだから。おかしくなって犯罪者になるだけだから。それだったらまだ体が自由に動くうちに、残りの命は自分のやりたいことのために使いたい。良い人間になりたいから。優しい人間に。自分にとってのそれが、究極的には不食ってことだから」

他の命の犠牲を無視しながら営まれる愛や正義なんて、私にはもう単なる劇のようにしか思えなかった。大人の作った感動的なお話を、何も疑わずに演じる幼児の拙いお遊戯。これから自分がやろうとしていることもまた、ただの偽善や自己満足でしかないのかもしれない。けれど右へ倣えで不本意な人生を受け入れるより、どうするかは自分で決めたかった。

「それに俺は別に自殺をしようと思ってるわけじゃないから。自分が正しいと思う生き方をしたらきっと死ぬだろうなと思ってるだけで。自分の幸せのために生きた結果、野垂れ死ぬのなら構わないってだけで。黙って行ったらあんたは自分を責めると思ったから。そうじゃないってことを伝えたかっただけだから」

夕子さんと別れた時、母はひと言、「良かった」と言った。心底ほっとした様子で。私はその時、生まれて初めて母を責めた。思いきり感情をぶつけた。そのひと言は、私の根幹を揺るがすものだったから。

幼い頃、父に殴られたあと、母はいつも泣きながら私を抱きしめ言った。

「人には優しくしないといけない。可哀想な人のことは守ってあげないといけない」

湿布薬のきついにおいと共に、その言葉は私の胸に深く刻まれた。そしてそれが自分の役割なのだと信じた。保育園の頃、園庭の隅で泣いている子がいたら、私は遊びを中断してその子を慰め、お菓子を床に落として悲しんでいる子がいたら、自分のそれをおしみなく差し出した。優しい子だと、皆が私をそう評した。保育士からの報告を、母は毎日満足そうに聞いていた。帰り道には偉い偉いと頭を撫でてもくれた。自分を犠牲にしても人のために尽くすことが本当の優しさなのだと、柔らかな微笑みを浮かべながら私にそう説いた。

けれど小学校に上がってしばらく経った頃、同級生のカスタネットを盗みそれがバレた時、母は豹変した。

「お前もあいつと同じだ、周りを不幸にする人間なんだ」

彫刻刀で呪いを刻みつけるような、暗く、不吉な声だった。私は裁縫用の長い物差しが折れるほど、何度も何度も思い切り叩かれた。盗んだのは、母にお金の負担をかけたくなかったからだった。離婚して間もなく、母はスナックに勤めだしたばかりで、慣れない酒に毎日具合を悪そうにしていた。いけないことだというのは分かっていた。でも、兄姉のおさがりなのか、そのクラスメイトはカスタネットを二つ持っていたから、一つ無くなっても問題ないだろうと思った。それでも盗む時は足が震えた。疑いの目が向けられた時は心臓が破裂しそうになった。母のためを思いやったことなのに、それを分かってもらえなかったことが、痛み以上に悲しかった。

相反する二つの教えが、心の中で複雑に絡み合う中、混乱と共に私は生きた。その状態が私にとっての正常だった。人に過剰な親切を見せながら、決して踏み込まれないよう壁を作り、人を好きになることにも好かれることにも罪悪感を覚え、気の合う人と出会っても、関係が深まりそうになるとわざと嫌われるような真似をして遠ざけた。自分といたらきっとその人は不幸になると思ったから。頭で考えるより先に、体が勝手に反応した。それが私にとっての優しさで、相手を守るということだった。後悔しても、何度繰り返しても、それを止めることはできなかった。

母のその言葉を思い出さずにすんだのは、夕子さんの時だけだった。他の物が何も見えなくなるくらい、ようやく見つけた大切な人だった。それなのに母は彼女のことを、普通じゃないとか常識がないとか、そんなつまらないことで否定した。あんたには他にもっといい人がいると言ったけれど、そんな人はどこにもいなかった。

彼女のぎこちない笑顔が、私は好きだった。寂しげに澄んだ瞳も、起き抜けに両手で目をこする時の仕草も。誕生日にプレゼントを貰うことを知らなかったことも、人に何かをしてもらってもありがとうと言えなかったことも。食器を流しに溜めてしまう癖も、お菓子を食べながら楽しそうにテレビを観ている姿も。

そんな彼女が不幸になるのを見るのが、私は恐かった。自分なんかが幸せにできるなんて思えなかった。

別れて良かったのは自分じゃない。彼女にとって良かったのだ。そうでなければ、そう思わなければやり切れなかった。

こんな自分が嫌だった。何も上手くできない。どうせクズだから仕方ないと思うしかなかった。父も母も憎かった。憎みたくないから選んだ道がこれだった。

しばらく口をつぐんだあと、母は言った。

「それなら良かった」

真っ直ぐに私を見てくる。それまでの沈鬱が嘘のような、晴れやかな声だった。

「私はてっきり、あんたがヤケになって死のうとしてるんだと思ったから。悲しい気持ちでそうしようとしてるんだと思ったから。でもそうじゃないんだと知れて良かった。気持ちが楽になった。分かった。それがあなたにとっての幸せなら応援する」

「応援……」

その言葉に、若干引っかかりはしたものの、私はその思いをスルーした。もうこれ以上余計な話はしたくなかった。魚の小骨が喉につき刺さったまま、淡々と、つまらない事務作業をこなすみたいにして私は言葉を吐いた。

「一応春までは今の部屋に住む予定だけど、事故とか病気とか、いつ何があるか分からないから、遺書代わりのメモと部屋を引き払う時に必要なことやそのための書類は、クリアファイルに入れて壊れた冷蔵庫の中に仕舞ってあるから。そのことは姉ちゃんにも言ってある。死亡保険はもしもあんたに介護が必要になった時のために姉ちゃんを受取人にしてあるし、貯金は子供たちの学費に使ってもらうようにしてあるから」

「人のことより自分のために使いなさいよ」

「別にもう、欲しい物もやりたいこともないし、それが自分にとって一番いい使い道だから」

そう言うと、母はしばらく黙りこんだあと、

「あんたは昔からそうだったね。私があいつに殴られてる時も小さな体で庇ってくれたし、私が夜中に帰ってきた時寒くないようにって、布団の中に湯たんぽを用意してくれてたり」

懐かしむように、しみじみと呟いた。私もまたその頃の健気な自分を思い出し、久しぶりに胸が熱くなるような、泣きたくなるような気持ちがした。母がその言葉を口にするまでは。

「みんな自分のことしか考えてないのに」

瞬間、パチン、と目の前で両手を叩かれたような気がした。思わず何度もまばたきを繰り返す。思考が止まり、それ以外には何もできなかった。

「姉ちゃんなんてこのあいだ、お父さんが送ってきてくれたからおすそわけって、腹皮とかつけ揚げを持ってきたんだよ。なんで持ってくるのよ、持って帰ってって言ったら、別にいいじゃん食べ物なんだしって。いらないって言ってるがねっておらんでもニヤニヤしてるだけで。もう親子の縁を切ろうかと思うくらい頭にきたのよ。私はあいつが地元に帰ったせいで同窓会にも行けないっていうのに」

私はそれを、空っぽの頭でただ黙って聞いていた。言葉は単なる音でしかなかった。鼓膜を震わせるだけで、心には何も響かない。今まではそこに意味を見出してきた。考えてきた。人の気持ちを、自分のそれよりも優先して。そうすることが正しいことだと教えられてきたから。でもそうじゃないと言う。私にそれを教えた張本人が。

「あいつに散々ひどい目にあわされたの知ってるんだから、私の気持ちを考えたら持ってこないでしょ普通」

頭の中が、白くもやっていくようだった。このままここにいたら、自分は本当におかしくなると思った。

「ごめん、もう帰るね」
そそくさとリュックを背負うと、引き止める母を無視し、私はその家を後にした。腸にガスが溜まるみたいに、どろどろしたものが私の中で発酵し膨張し、体を突き破りそうになった。一刻も早く、誰もいない場所に行かなくてはならなかった。一人の部屋に戻らなくてはならなかった。

エントランスを出ると自転車に跨り、私はそれを南に向け走らせた。マンションの敷地に沿うように流れる国道への細道はゆるく傾斜していて、そこに乗ってしまえばあとはもうペダルを漕ぐ必要は無かったけれど、私は手応えの無いペダルを漕ぎ続けた。坂を下っているだけなのに呼吸が激しかった。

六号線のトンネルの入り口に差し掛かったところだった。遠くに、狭い歩道を逆走してくる自転車が見えた。遠目にもすごいスピードだった。若い男で、フードデリバリー用の大きなリュックを背負っていた。以前見たニュースが頭の中で勝手に再生される。マナーの悪い配達員が、人を轢いたり、事故を誘発したり、利用客をストーカーしたりといった事件が一時期世間を賑わせていた。当時覚えた怒りがリアルに蘇る。全身がぞわぞわしてきた。

ゼロ地点までおよそ十メートルを切った頃、私はペダルを漕ぐのをやめ、推進力だけでゆっくりと自転車を進めた。ところが男は依然としてペダルを遮二無二漕ぎながら、一切スピードを緩めることなく突っ込んできた。危ないと思いさらに壁際に寄ると、コンクリートで肘を擦った。小さいが確かな熱と痛みが脳天を突き抜け、マッチの発火にも似た炸裂が鼻の奥で起こった瞬間、私は反射的に男の肩を殴っていた。それほど強い力ではなかったものの、確実に怒りが伝わる殴り方だった。自転車を停め振り返ると、男は何度も振り返りながら、けれどそのまま走り去って行った。助かった、と思った。もしも立ち止まって文句を言ってこられたら、私はきっと殺していた。

震えるほどハンドルを握りしめ、声にならない呻きを発しながらペダルを漕いだ。やはり外に出るべきではなかった。部屋で大人しくしておけばよかった。ようやくあと一日というところにまでこぎつけたのに、すべてを台無しにしてしまいそうな衝動が体の中で渦巻いていた。

それからの三時間、私はマナーの悪い人間に出くわすたびに、千切れそうになる自分を必死に堪えながら自転車を走らせた。ここで狂ったらせっかくの苦労が無駄になる。ようやく見つけた最後の希望も失ってしまう。それだけは絶対に嫌だった。

いくつもの危機を乗り越え、何とか家に帰り着いた。その頃にはあらかた正気を取り戻したと思っていたのに、自分の場所に誰かの自転車が置かれているのを目にした瞬間、私は人目もはばからず地団駄を踏んだ。近隣の住人がいぶかしげな目を向けながら足早に通り過ぎて行くのが視界の端に見えた。追っかけて行ってぶん殴りたくなった。それを堪えるためにさらに地面を蹴りつけた。

その自転車に見覚えはあった。数日前から駐輪場の隅に置かれるようになった自転車だった。それが今は私の置き場所にある。

自分たちはこれまで、暗黙の了解のもとやってきた。たとえ空いていればどこにでも停めていいということになっていても、他の利用者の置き場所を侵すことのないよう互いを思いやりながら。だからいくら管理会社の定めたルールに則っているとはいえ、その空気を無視した身勝手な振る舞いに、私は激しいイラ立ちを覚えずにはいられなかった。

私は怒りのままにその自転車を右の枠外のスペースに乱暴にどかすと、いつもの場所に自分の自転車を置いた。その白い自転車は、いつもそこに停めている黄色い自転車の持ち主によってまたどこかへ移動させられるだろうと思った。ところが翌日駐輪場に行くと、白い自転車はそのままに、件の黄色い自転車は屋根の無い別の場所に停められていた。その大人の対応を見て私は自分が恥ずかしくなり、黄色い自転車の持ち主に悪いことをしたとも思ったが、元はといえばその白い自転車のせいだと思うと罪悪感よりも怒りの方が勝った。

それからというもの、その白い自転車は頻繁に私の場所に置かれるようになった。そのたびに私はそれを右側にどけた。私が自転車を使う時間帯と、そいつが自転車を停める時間帯が重なっているのだろう。そのハイエナ行為にストレスを覚えるも、どかせるのにも罪の意識があり、いっそ自転車に乗るのをやめてその場所を死守しようかとさえ思ったが、ある日よく見ると、その自転車には駐輪ステッカーが貼られていないことに気付いた。つまり無断駐輪だった。管理会社に報告しようかと思ったが、きっと持ち主は駐輪場代をケチってそうしているのだろう。コロナで仕事を失い、配達員をするために買った自転車なのかもしれない。少しでも生活費を切り詰めたいのだろう。ところが駐輪場代が月々千円ではなく年間千円だと知れば、きっと契約を結ぶに違いない。そうなると堂々と移動させることができなくなる。私はムカムカしながらも管理会社に報告することはせず、その後もその自転車が私の場所に置かれていた時は移動させ続けた。

「林さん昨日めっちゃヤバかった」

休み明け、出勤して早々、受付に座る樋山が待ち構えていたように話しかけてきた。今日の早番は彼女一人で、店内に客の姿は無かった。予約表には私の勤務開始時刻からペアの予約が入っていて、以降も立て続けに予約が入っていた。彼女と話すのは飲み会以来で、意識的に避けられているのを感じていたが、よほどのことがあったのだろう。

「どうしたんですか？」

「昨日の夜、れいによってまた林さんが飛び込みで来たんだけどさぁ……」

たまたま受付で次の客を待っていた樋山が、今日はもう予約でいっぱいであることを告げると、女は鬼のような形相で激昂したとのことだった。

「嘘じゃないの！　私は来ない方がいいって言うの！　ちょっと予約表見せなさいよ！　ってえらい剣幕で。ほんとにいっぱいだったからよかったものの、なんかもう目ぇ血走ってるしすごい恐かった」

来ない方がいいと思われている自覚が少しでもあるのなら他の店に行けばいいのに。女の行動が私には理解できなかった。あるいは他でも出禁を食らっていて慣れているのだろうか。

「すいませんスタッフが少ないんです〜、ってペコペコ謝ってたらふんふん言いながら帰って行ったけど、五回連続で断ってるからついにカッときたんだろうね」

私は来ない方がいいって言うの、と言われた時、そうですね、と言っていたら、わざわざ無駄足を踏む必要もなくなるから向こうにとっても良かったんじゃないだろうか。そのことをやんわりとした言い方で告げると、

「いや絶対逆恨みするでしょ。灯油まかれて火ぃつけられたら恐いからね」

「さすがにそれは無いんじゃないですかね」

「や、でも最近もどっかの定食屋で、マスク未着用を注意されたことに腹を立てた男が、店員と止めに入った客を殴ったっていう事件があったし、さすがに女だからその場で殴ってはこないだろうけど、確実に恨みは買うと思う」

「そうなんですかね」

「うん。九分九厘、まず間違いないね。賭けてもいい」

樋山はしょっちゅうその手の情報をツイッターから得ていた。普段余裕ぶった態度ではいても、やはり恐いのだろう。私ははっきりと言った方がいいのではないかと思っていたし、自分がその役を引き受けてもいいと思っていたが、樋山をますます不安がらせてしまうのも申し訳ない気がして黙っていた。もっとも樋山は樋山で自分に害が及ぶのを恐れていただけで、それが私だけに向けられるのであれば何とも思わなかったのかもしれなかったが。

それからの数日間、樋山は空き時間を利用して、様々なパターンを想定した林の対応についてのマニュアルをせっせと作成していた。食べる以外で熱心な彼女の姿を見るのはそれが初めてだった。

・今までのように飛び込みの場合は予約がいっぱいであるという理由で押し通す。
（あくまでも嘘を悟られないよう自然に）
・今後もし電話で予約を入れてこようとしてきた場合はその声と口調で判断し、予約がいっぱいであることを告げ断る。（その時は電話番号を控え電話機に名前を登録する）

・違う番号から声色を変えてかけてくる可能性もあるだろうから、万が一予約を受けてしまった後に林さんだと分かった時は断るための文言として、「その時間帯ですと新人スタッフになりますので、林様にはご満足いただけない可能性がかなり高いのでまた次回お願いします」と丁寧に言って素早く電話を切る。

そんなメモ書きが受付の内側に貼られるようになったが、樋山の努力も虚しく、依然として林は飛び込みでしか来店せず、断られるたびに受付で喚き散らした。おそらくもう自分が出禁扱いになっていることには気付いているのだろうが、そうすることで日頃のストレスを発散しているのだろう。だったらカラオケとかバッティングセンターにでも行けばいいのに。それに自分のわがままを通したいのならそれなりのお金を支払いそれなりの場所に行くのが筋なのに、それをしない林が私はどうしても許せなかった。運悪く受付対応をして怒鳴られた時は、殴りそうになる衝動を必死に堪えた。

「親に対する気持ちは人それぞれだし、長年染みついたものはそう簡単には変わらないですよ」

施術中、松戸に帰った日のことを話すと岡本さんは言った。「みんな自分のことしか考えてない」と姉や父に対して憎まれ口を叩く母の姿を見て、感情がおかしくなってしまったこと。親に対する憎しみが未だに心に残っていて、何かのきっかけでそれが爆発してしまうことがあるのだと知り恐くなったこと。帰り道のトンネルで人を殴ったことまではさすがに言えなかった。

「私は父親の記憶が全く無くて、現在の居場所どころか生きているのかどうかさえ知らないくらいで、でも実はそれが幸せなことでもあるんやろうなと、柳田さんや他の方の話を聞いてて思います。居場所も分かっていて、なんならお姉さんから近況も聞けてしまう。そして本当はほぼ記憶が無いのにお母さんからのお話で悪いお父さん像が出来上がってしまっていて、それが何十年も自分の記憶かのように染みついてしまっていたら、そりゃ誰だって心がしんどくなりますよ。そのうえ今までの生き方を否定されるようなことまで言われたら。しかもそれを教えたのはお母さんなのに」

「でも、姉はそういうのを克服してるというか、気にしないでいられてるというか、だからこそ連絡を取り合えてるんだと思うんですけど」

「お姉さんと柳田さんとでは状況が違うからしょうがないですよ。両親の間に何があったのかも、お母さん側からしか聞いてないわけですよね？」

「そうですね」

「それは良くないですよ」

　私の知らない両親の真実を、姉は知っているのだろうか。そうでなくても潜在意識的には、姉はどちらかといえば父の方が好きなのだろう。子供の頃、姉はよく母から、父と同じ血液型であることを詰られていた。奔放な性格で、従順な犬のような私ばかりを可愛がる母に反発する気持ちもあったのか、姉は自分を抑え込むような真似はしなかったから。自分の思うままに生きてそのたびに母と衝突していたけれど、二十六歳で結婚して子供を産んでからは落ち着いて、母に孫の顔を見せ、家族でどこかに遊びに行く時は、母や、私のことまで誘ってくれた。

　きっと姉にとって、父のことはすんだことなのだろう。自分の家族を持ち、仕事や子育てに追われているうちに、父のせいで被った辛い日々や思いを、自然と振り払うことができたのだ。だから父から贈り物が送られてきたことを、素直に嬉しいと思えたのではないか。一緒に暮らしていた頃の、優しかった男の記憶もあいまって。

「子供の頃からずっと、母親から父親の悪口を聞かされていたので、そういう人間なんだって思い込んでいたんですけど、よく考えたら僕自身父親から殴られたことはおろか怒られたことすらなくて、数少ない思い出も、カブト虫を捕りに連れて行ってもらったとか、バイクの前に乗せてもらったとかっていう、楽しかった記憶しかないんです。直接的な被害を受けたことはなくて、母親が傷つけられたから憎まなくてはならないと思っていただけで、本当はそうする必要も無かったんじゃないかってこの間思いました」

男と女のことは、それがたとえ親でも、部外者には分からない、立ち入れない、当人同士でしか知ることのない理由というものがもしかしたらあるのかもしれない。私がそんなことを思うようになったのは、ある一枚の写真を見てからだった。数年前、姉の家で昔のアルバムを見ていた時、私は初めてその色褪せた写真を見た。姉の生誕を祝う席での写真で、そこに写っている両親の姿は、私が知る限り一番若いものだった。生まれたばかりの小さな姉を膝に抱く母は、そっと優しく微笑んでいて、現在の姿からは想像もつかないほどそれなりに美しかった。隣の父もまた、私がそれまで見たことのある写真の中の、太ったパンチパーマ姿ではなく、痩せてしゅっとした美男だった。二人にこんな時期があったことを知った私は、そのとき子供の頃に耳にした、叔父のある言葉を思い出した。叔父もまた、父に金や車を貸したまま返してもらえなかったことを恨んでいた。父が蒸発して間もない頃は、私を見るたびに苦々しい表情を浮かべ、何かきっかけを見つけては私を怒鳴り殴りつけた。そんな叔父が祖母と二人きり、居間で話し込んでいるのを私はたまたま見たことがあった。

「姉さんは面食いやっでな」

その頃の私には、その言葉の意味は分からなかったものの、叔父が母を批難しているということだけは分かった。いつも父に対する悪言ばかりを聞いていたので、それが母に向けられているのを見るのは初めてだった。母に対して抱いていた、可哀想な人、守らなくてはならない人、という確固とした思いが、私の中で微かに揺らいだ瞬間、

「それでも男が悪かとよ。目を覚まさせてやらんと。それをせんのは罪やっとよ」

私の動揺をいさめるように、きっぱりと祖母が言った。まるでこの世の真理を口にするみたいに。

そのことを思い出した時、私はそれまでの自分の行動に納得がいった。それは単に

祖母の考える正義にすぎなかったが、私の心には決して破ってはならない禁忌として、深く刻まれていたのだった。それを罪だと知りながら、放っておくことなど私にはできなかった。

「父親がいなかったことで嫌な思いをしたことはたくさんあったけど、そんなことは大した問題じゃなくて、それより母親から父親の悪口を聞かされることの方がよっぽど心に大きな影響を与えていたんだと思います。罪悪感や劣等感をさんざん植え付けられましたから。僕がこうなったのは母親のせいなんだと思います。そのきっかけを作ったのは父親ですけど、自分と父親を同一視して感情をぶつけてくるのはやめてほしかったです。でも今更母親を責める気にもなれませんし、父親に会ってみたいとも思いません。とにかくもう親とは関わりたくなくて、母親のＬＩＮＥも電話も着信拒否しました」

いい歳して恥ずかしいという思いはあったが、それが嘘偽りの無い自分の本心だった。

「それでいいと思いますよ。親子だから分かり合えるとか仲良くしなきゃとか、そんなのドラマとか映画で作られた、人間の単なる理想ですから。無理に寄り添うこともないし、ありのままでいいんですよ」

岡本さんにそう言ってもらえたことで、少し気が楽になった。楽にはなったが、それはただそれだけのことだった。

「今はとにかく体重が減っていくことだけが楽しみです」

痩せれば痩せるほどそれだけ死に近づいている証拠だから、その分苦しみの時間を削っているという喜びがあった。私にとって生きることはもはやただの苦しみでしかなかった。食欲も性欲も無くなり、睡眠欲だけが残った。毎日眠たくて仕方なかった。とにかく現実から離れていたかった。仕事の日だけ何とか外に出て、休みの日は家にこもりじっとしていた。何もする気が起きなかった。来年の春を思うことで何とか生きていた。

「やっぱり意思は変わらんのですか？」

「そうですね。たぶんもう他に生きようがないというか。これ以上無駄に生きればきっと、いつか取り返しのつかないことをしてしまうと思うので。しょうもない人生でしたけど、せめて最後は正しい人間になって死んでいきたいです。憎しみや苦しみを手離して、明るい気持ちで前向きに。そこには大きな喜びがあって、僕はそれを味わうために今まで生きて来たような気がするんです。たとえ思っているのとは違う結果が待っていたとしても、やらずに後悔するよりはいいし、その覚悟もできてるんで」

「そうですか……」

しばらく口をつぐんだ後、岡本さんは言った。

「人間は生まれたら必ず死にますからね。どのタイミングで、どのように死ぬかっていうのは、ほんとにやってみないと分からないことですもんね」

そうして微かな寝息をたてはじめた。仰向けになるまで彼女は眠り続けた。そんなことは今までになかった。今日はよほど疲れていたのだろう。施術が終わり座位で肩を揉んでいると、「天国でした」と言って彼女は笑った。「私も、これを味わうために生きてるのかもしれません」。少し胸が痛んだが、私がいなくなっても、きっとまた別の誰かが、もっといい人が、彼女の前には現れるのだろうと思った。むしろ今まで、自分はその邪魔をしてきたのかもしれなかった。

岡本さんの家を後にし、地下鉄の車内で電車が動き出すのを待ちながら、私は何とも言えない寂しさを感じていた。彼女にはいずれ伝えるつもりでいたが、話の流れ上今日話すこととなった。いざ話してみるとその時のことがリアルに想像され、やはり今までのように夢見るような心地ではなかったけれど、その時になって狼狽《うろた》えないように、この気持ちは忘れずにいなくてはならないと思った。

彼女とはあと何回会うことができるだろう。三年前とは立場が逆になってしまった。彼女に病気が見つかった時、私は彼女がいなくなることを恐れ、彼女がいなくなったら自分も生きて行けないと思った。もしかしたらその時のその思いが、今に繋がっているのかもしれなかった。

私はパーカーのポケットからスマホを取り出すと、ＬＩＮＥを開いた。ちょうど電車が動き出すところだった。車窓にはただ暗闇ばかりが映し出され、どれだけの距離を進んでいるのか分からなかった。ただ揺れているだけだと言われても、私には判断のしようがなかった。私は初めから同じ場所にいたのかもしれなかった。どこにも行く必要はないのかもしれなかった。青い鳥を自分はまた見落としているのだろうか。そんなことを考えながら、私は文字を打った。

今日もありがとうございました。母親との一件から、毎日気持ちの浮き沈みが激しくて、来年の春を思って前向きな気持ちになっても、ふいに過去の失敗とか後悔を思い出してはまたすぐに暗い気持ちになったりの繰り返しで、とても無駄な時間を過ごしていたのですが、岡本さんとお話できて少し気が楽になりました。岡本さんのような人がすぐそばにいてくれたら、僕の未来ももしかしたら違っていたのかもしれません。今は何もかもが虚しくて、僕にはもう春を待つことしかできないのかもしれませんが、それまでは精一杯生きることを楽しんだり、親に対するわだかまりを自分の中でクリアにしたいという思いもあります。自ら人生を終えるにしても、死をすべての解決とするのではなく、すべてに決着をつけたうえで明るく死んでいきたいです。その時生きる気になっていたら生きると思うんですけど……。またいろいろお話できたら幸いです。

LINEを閉じ、私はスマホを上着のポケットに仕舞った。いつもならイヤホンで外界を遮断するのに、何故かそういう気持ちにはならなかった。今のすべてを感じていたかった。

岡本さんから返信があったのは、家に着いた後だった。その時私は眠りの中にいた。とても幸福な夢を見ていたような気がするのに、どんな夢だったのか、私は結局思い出すことはなかった。

そうですかぁ、少し楽になったのであれば良かったです。「死をすべての解決とするのではなく」。そうですね、それが分かっているようであれば安心しました。何の解決にもなりません。嫌なことがあって気持ちが浮き沈みすること、そんなことはこの世の人みんなあります。柳田さんは自分の世界に入り込みすぎていて、周りが自分よりも幸せそうとか、明るく見えるんだと思います。隣の芝は青く見えるんですよねーやっぱり。

それはいつも柳田さんが私に言ってくれる言葉で思うけど、私は柳田さんが思ってるほど心底明るい性格ではないし、病気のことで落ち込むことだってたくさんあります。そして私も同じく一人で抱え込むタイプです。夫にも話せないこともあるし。しんどいですよね。でも私は、それを解決して乗り越えたいと思う性格みたいです、モヤモヤが嫌なので。

ご両親のお話を聞いて、私ならスッキリしたい、死ぬことでは何の解決にもならないし逃げることにもなるし、むしろモヤモヤしたまま死ぬのは嫌だなぁ〜と言いたかったんだけど、私の意見を挟むことではないくらいに固い決意をされていて、生きてることが辛い人に言うことではないんだろうなぁと思い言えませんでした。

でもやっぱりまだ、柳田さんはきちんと理性が働いてるし、前向きになれる人です。というか、前向きになりたい人なんだと思う。考え直せる気持ちがあるなら嬉しいです。


十月も半ばを過ぎ、肌寒い日がちらほらと現れるようになった。去年の冬より二十キロ体重が落ちたため、冬物の服はどれもぶかぶかで新しく買い替える必要があったが、買いに行くのが億劫で先のばしにしていた。仕事以外はなるべく外に出たくなかった。本当は仕事にも行きたくなかったけれど、半年引きこもればその分貯金が減ってしまう。家族には少しでも多くお金を残したかった。それが私に残った最後の人間らしい心だった。

何もかもあと半年の辛抱だった。春になればすべての苦しみから解放される。苦しみが大きければ大きいほど、解き放たれた時の喜びもまた大きいはず。そのために今の苦しみがあるのだ。そう自分に言い聞かせながら、私は日々を過ごしていた。

職場は相変わらずだった。未だスタッフの補充は無く、施術や受付対応で毎日忙《せわ》しなかった。そんな中面倒な客を担当しなくてはならなくなった時は本当に気が滅入り、何度断っても性懲りもなくやって来ては喚き散らす林を見ると心底死にたくなった。

そのストレスを和らげてくれる存在はもういない。あの日の翌朝、岡本さんのLINEを目にした瞬間、私は思わず彼女をブロックした。自分の考えを否定されたことも、そうさせる隙を見せてしまった自分も許せなかった。気を遣われていたことや、配慮に欠ける発言で彼女を傷つけていたことが申し訳なくて、そうとも知らずに何かを期待してしまった自分が恥ずかしかった。様々な感情が入り乱れ、彼女のメッセージにどう反応すればいいのか分からず、ブロックしたまま二週間が過ぎた。本来なら彼女の家に行くはずの日も、私は家の中でじっとしていた。おそらく何らかのメッセージは送られているだろう。今さらブロックを解除し連絡したところで、既読のつかないメッセージが残ればぎくしゃくしていずれ関係は破綻するだろうし、そもそも合わせる顔が無かった。だからもう死んだと思ってもらいたかった。あの日彼は死んだのだと。そして実際私にはもうそれしかなかった。あとは本当に死ぬだけだった。

何とか無事に仕事を終えて家に帰っても、自分の置き場所にあの白い自転車が置かれているのを目にするとイライラした。思えば一年以上、このようなストレスにさらされることがなかったのは幸運なことだったのかもしれない。利用者が少なかった時は当然として、増えてきてからもそれぞれが他の利用者の場所を侵すような真似はしなかった。そのような配慮によってこの場の秩序は守られていた。誰とも一度も会ったことはなかったけれど、お互いを思いやりながら今までやってきたのだ。それなのに空気の読めない新参者が、その秩序を乱そうとしている。壊そうとしている。しかも無料で。けれど私は未だに、それを管理会社に密告するのを避けていた。当然の権利としてその自転車をどかすために。管理会社と駐輪契約を結ばれたら堂々とそれができなくなるから。だからムカつくが今の状況が最善だった。

ところが十月も終わりに近づいた頃、その白い自転車のハンドルに無断駐輪に対する警告の札が巻かれているのを私は目にした。このまま無断駐輪を続けるのなら処分も辞さないという。いくら非常識なバカでも、処分されるくらいならきっと契約を結ぶに違いない。何かよくないことが起こりそうな予感がした。それは単純に、自分の置き場所を奪われるというだけのことなのかもしれなかったが、それ以上に大きな災いが、自分の身にふりかかろうとしているような気がした。

恐れていた事態は十月の最終日に起きた。夜、仕事から家に戻ると、例によってその白い自転車は性懲りもなく屋根の下の区域に置かれていた。けれどそれを目にしても、私はさほど怒りを覚えなかった。なぜならそこは私の置き場所ではなく、その左隣の区画だったから。

前からそこに置かれている青いクロスバイクは見当たらなかった。その不在をいいことに置いたのだろう。私の場所も空いていたのにそこに置いたのは、枠外に移動させられることを警戒してのことだったのかもしれない。ところがそれは杞憂だった。なぜならその白い自転車の泥除けには、契約者の証である駐輪ステッカーが貼られていたから。したがって私にはもう、その自転車をどかす権利はなかった。

私はとりあえず自分の置き場所が侵されなかったことに安堵した。と同時に、左隣の利用者を気の毒に思った。契約を結んだからといってそれまでの迷惑行為を詫びることもなく、ルールを盾に堂々と振る舞う新参者のあつかましさに腹が立った。

ところが次の日、私は思いもよらぬ光景に我が目を疑った。あまりのことに呆然とし、しばらく動くことができなくなった。件の白い自転車はそのままの場所にあったのに、何故か私の自転車が枠外にどけられていたから。そして私の場所には、いつも左隣に停めてある青いクロスバイクが置かれていた。

私は大きなショックを受けた。友愛のしるしとして差し出した手を思い切り払われたような、もしくは完全に無視されたような気分だった。仲間だと思っていた人間のまさかの裏切り行為に深く傷つき、おって強烈な怒りに襲われた。どうしても、なんとしても許すことはできなかった。

件名「駐輪場の利用について」

去年の五月から駐輪場を利用している者ですが、最近駐輪する自転車が増えてきて、今は白い枠線で仕切られた区画以上の台数が停められている状況です。駐輪場利用のルールでは、空いていればどこにでも停めていいということですが、まだ台数が少なかった頃はそれぞれに定位置があり、暗黙の了解で停める場所が決まっていました。少しずつ自転車が増え始めた頃も、すでに他の自転車が停めてある場所は避けて自分の定位置を決めているようでした。ところが一カ月ほど前から駐輪ステッカーが貼られていない自転車が停められるようになり、その自転車は空いていればどこにでも停めていたのですが、自分がいつも停めている場所に置かれている時は無断駐輪だろうと思い隣の区画外に除けていました。昨日帰って来た時には僕がいつも停めている区画の左隣にその自転車が停められていたのですが、泥除けの部分に駐輪ステッカーが貼られていたので、ようやく駐輪契約をしたのだなと思っていたところ、今朝見たら、その左隣の区画にいつも停めてある青い自転車が、僕が昨日停めたはずの場所に停められていて、僕の自転車は区画外に移動させられていました。自分がいつも停めている場所に停められた自転車を移動させるのならまだ分かるのですが、これはあまりにも間違った行為だと思いました。誰もが屋根のある場所に置きたいとは思いますが、元々停めてある自転車を移動させてまでそこに停めるというのはあまりに身勝手な考えだと思います。今後駐輪場のルール通りに空いている場所に停めていても、移動させられたり、酷い場合には自転車にイタズラをされるのではないかという不安があります。先着順で停める場所が決められるならそれが一番良かったと思うのですが、トラブルを避けるために、今一度駐輪場のルールを伝えるための貼り紙や、メールでの通達をお願いできないでしょうか？　ちなみに僕の自転車を移動していたのは、部屋番号は分かりませんが、登録番号№1の人でした。

ストラーダ高円寺205号室　柳田譲

三日が過ぎても、管理会社からの返信は無かった。先着順云々の嫌味がよくなかったのだろうか。二年前、隣人の騒音問題で相談した時は即時対応してくれたのに。やはり直接電話で伝えた方がよかったのだろうか。けれど岡本さんとの一件以来、私にはもう他人と話をする気力すらなくなっていた。また相手の怒りを買ってしまうのではないか、また傷つけられるのではないかと、たとえ電話越しでも、他人という生き物が恐くて仕方なくなっていた。

分かってほしかった。あなたは間違っていないと言ってほしかった。そうすればこの恐怖も少しは薄まるような気がしていた。来年の春まで生き延びる力が、そこで得られると思っていた。けれどその願いは叶わなかった。自分はこの世界にとって、もはやただの邪魔者でしかなかった。林や、その他のクソ客と同じように。

毎日不安だった。常に自転車のことが心配でならなかった。あれが最後の希望なのだ。あれが自分を明るい場所へと運んでくれるのだ。絶対に守らなくてはならない。もしイタズラされたり壊されたりしたら修理をすればいいという考えにはなれなかった。それは自分の命を懸けた思いを汚されることだったから。魂に唾を吐かれることだったから。

あの後にも一度、私の自転車は枠外へと移動させられていた。元々私が置いていた場所には、代わりに青いクロスバイクが置かれていた。なぜ白い自転車ではなく私の自転車を移動させるのか分からなかったし、青いクロスバイクの持ち主が私の自転車に触れている場面を想像すると頭がぞわぞわした。乱暴に扱われていたらと考えると気が気ではなかった。

いっそ仕事を辞めて、ずっと駐輪場を監視していたいくらいだった。出勤日、その青いクロスバイクを見るたびにイライラして仕方なかった。

ハンドルにスマホホルダーが取り付けられているから、きっと配達の仕事をしているのだろう。そしておそらくは特別な事情など何もなく、単に気が向いた時にだけ働けばいいという怠惰な理由から、その仕事を選んだのに違いない。人生に何の目的もなく、ただ漫然とくだらない娯楽にまみれながら生き、交通ルールを無視しては、それによってまともな同業者の足を引っ張っていることなどつゆとも思わず、平然と周りに迷惑をかけているのに違いない。こういう人間は一度痛い目を見なけりゃ分からないんだ。人のためにもコイツのためにも。私はいつしかそう考えるようになっていた。

最後の客を終え、締め作業をして店を出る頃には二十三時を過ぎていた。一刻も早く家に帰って眠りたかったが、私はそれを我慢して西友に寄ることにした。食料を買うためだった。明日は休みなので、一歩も外に出るつもりはなかった。家には米と味噌しかなかった。それだけあれば十分だったし、別に食べなくてもいいくらいだったが、最近やたらと体が冷えるし、免疫力の低下を防ぐためにもとりあえず今はこれ以上体重を落とさない方がよかった。コロナや風邪を予防するために、ビタミンCやDも摂っておきたかった。

二階の野菜コーナーでピーマンとぶなしめじを一袋ずつ手に取り、下りのエスカレーターに向かおうとした時だった。

「あ、マッサージの人や」

斜め後方から、私はふいに声をかけられた。

店の客だと思い、無理に愛想笑いを浮かべ振り返った私は、声の主を見て即座にそれを引っ込めた。

「最近も忙しいみたいやけど、まだ新しいひと入らへんの？」

店の時とは違い、林は親しげに話しかけてきた。その関西弁は岡本さんのものとは違うイントネーションだったが、あの日の屈辱と悲しみが思い出され、いつにも増して余計にムカムカした。

「なんかめっちゃ痩せたよな。ちゃんと食べてんの？」

店であんな振る舞いをしておきながら、なぜこんなふうに話しかけてこれるのか、私には理解できなかった。人を傷つけているという自覚が無いのだろうか。それとも、それもまた店員の務めだとでも思っているのだろうか。

「はよ新しいひと入らんと体もしんどいよな。私もしんどいねん、もう二カ月マッサージしてもぉてへんから」

コイツは、まさか本当に気付いていないのだろうか。それともフリをしているだけなのか。いくら遅い時間帯に飛び込みでしか来ないとはいえ、十回以上連続で断られたらさすがに気付きそうなものだが。やはり樋山や他のスタッフが過剰にへりくだるものだから脳が退化しているんだ。内省するのをやめてバカになってるんだ。だから初めて激昂した時に、「そうですね」と言ってやればよかったんだ。「私は来ない方がいいって言うの」と言われた時に。せめてへりくだりさえしなければ、察してもらえたかもしれなかったのに。

「なんか元気ないなぁ。そういう時は野菜やなくて、真っ赤な血ぃのしたたる肉食べたったらええんやで」

いいわけないだろ。お前が勝手に決めるな。私は女を無言で睨みつけた。ところが女は、まるで気にした様子もなく、さらに信じられない言葉を口にしてきた。

「なんやったら私が今からごはん作りに行ってあげてもええよ」

は？　と思った。なぜそうなるのか分からなかった。これも新手の嫌がらせの一種なのだろうか、と考えた刹那、私はふいに、以前上村から言われた言葉を思い出した。

「林さんは柳田さん目当てで来てるんですよ」

もしそれが本当のことなのだとしたら、もうここではっきりとさせなくてはならなかった。現実をつきつけなくてはならなかった。つまり金輪際、万が一にも自分が林と懇意になることはないということを、はっきりと示さなくてはならなかった。店のためにも、この女のためにも。そしてその責任が私にはあった。たとえ不本意でも、はからずも惚れられたという、罪に対する責任が。

「新しいスタッフが入っても予約取れませんよ」

女の目をしっかりと見すえながら、私は言った。

「もう誰も入れる人いないんで。というか誰もあなたには入りたくないんで。僕は一年以上前からNGにしてますし、他の人も二カ月前からそうしてるし。いつまでたってもマスクもしてこなけりゃ態度も悪いし、遅刻とかドタキャンとか、こっちはずっと迷惑してたんですよ。どんだけみんな嫌な思いしてたか。自分の人生に不満があるのか知らないけど、そんなのみんな一緒だから。みんなそれぞれ辛い思いを抱えて生きてんだから。どうしても人に八つ当たりしてしまうっていうんなら、引きこもって家から一歩も出ないか死ぬかしてくださいよ。それが筋でしょ、道理ってもんでしょ。僕だったら絶対そうしますけどね。どういう神経してんだよまったく」

一気にまくしたてると、林は啞然とした表情で私を見返してきた。反撃に備え身構えるも、女は何も言い返してはこず、口を半開きにしたまま小刻みに震え、動揺しているのは一目瞭然だった。初めてマスクをしていないことが役に立った。

言ってやった。ついに言ってやった。私は興奮しながら一階のレジへと向かった。久しぶりに気分が良かった。これで林が店に来ることは二度とないだろう。あの不快で不毛なやり取りはもうしなくていいのだ。今はショックを受けていても、そのうち林も目が覚めて、良かったと思うことに違いない。

意気揚々と、私は家路を辿った。ペダルを漕ぐ足にもいつになく力がこもり、久しく味わうことのなかった疾走感に胸が弾んだ。明日は休みだし、天気も良いらしいから久しぶりにサイクリングでもしようか。ついでに服を買いに行くのもいいかもしれない。砧公園のベンチでのんびりした後、帰りに環八通り沿いのユニクロに寄ってみよう。そうと決まればその前に自転車の整備だ。だって久しぶりの遠出だし、去年自転車と一緒に購入した潤滑剤は、まだ一回しか使ってなくてもったいないから。

マンションに着いた私は、エントランスの前に一旦自転車を停め、部屋から潤滑スプレーを取ってくると、それを脇に挟み手押しでマンション裏の駐輪場に向かった。

残念ながら駐輪場は満車だった。私は白い枠線で仕切られた区画外の空きスペースに自転車を停め、スプレー缶の細いストローみたいなノズルを伸ばし、チェーンやギア、スタンドの関節部分にその油を噴射した。自転車屋の店員が、事故の原因になるのでブレーキ部分には絶対にかけないでください、と言っていたのでそこは慎重に避けた。

店員にすすめられるまま購入したものの、まだたくさん残っていた。雨の日には乗らなかったし、それほど長距離を走るわけでもなかったから、チェーンやギアが錆びて動きが悪くなるということは今までなかった。けれど今後はどうなるか分からない。屋根の下を確保できなければ雨ざらしになるし、雨の日は自転車カバーをかけることにしたとしても、それを買うお金やカバーをかける手間を思うとやり切れなかった。それに不在時のふいの雨には、どうしたって対応できない。そういうことを考えていると、だんだんムカムカしてきた。

元はと言えばあの白い自転車のせいだったが、その怒りは今や青いクロスバイクの方へと完全に移っていた。あの裏切りには本当に傷ついた。私の心を深く傷つけたことをつゆとも知らずに、今現在ものうのうと生きていることを思うと、その理不尽に無性に腹が立ってしょうがなかった。

罰を与えなくてはならない。そう思った。そうする権利が自分にはある。いつになく強気な思いが心奥から湧き上がってきたのは、先ほど林に与えた粛清の興奮が、まだ消えずに残っていたからだった。

私はその青いクロスバイクに近づくと、前後のブレーキ部分めがけ、潤滑スプレーをこれでもかというほどたっぷりと噴射した。殺虫剤の代わりにエイトフォーでゴキブリを殺す時のような執拗さで。こんな人間は事故に遭えばいい。いや遭わなくてはならないのだ。世界の平和のために。自転車が大破すれば駐輪場所も増えるし、もう場所の確保に頭を悩ませる心配も無くなる。心を煩わされることなく、春まで安心して過ごせるのだ。そんなことを思いながらしつこくスプレーをかけていると、

「おい！」

辺りにそんな怒声が響いた。

振り返ると街灯の下、白いスウェットを着た小太りの中年男が私を睨みつけていた。ボサボサの髪の毛に無精ひげを生やし、歯はところどころヤニで変色していて、見るからに人生の落伍者だった。

「お前何やってんだよ！」

言われた瞬間、カッと頭に血が上った。男の質問に答える気も、そんな義務も無い

と思った私は、無言で男を睨みつけた。こっちはもう散々ムカついてんだよ。心の中で叫んだ。

暴力のニオイをふんだんにまき散らしながら、ずんずんと男が詰め寄ってきた。私は冷静に男との距離を計り、射程距離に入った瞬間、下ろしていた右手を素早く上げると、奴の目にスプレーを噴射した。

「ぎゃああああああ！」

恥も外聞も無い、不穏な悲鳴が辺りに響いた。私は顔を押さえ叫び続ける男の股間を思い切り蹴り上げると、地面に引き倒し馬乗りになった。

「お前こそ何やってんだよ！　人の自転車勝手に動かしやがって！　それも二回も！　そんなことが許されると思ってんのか！」

私は男の胸倉をつかむと、それを激しく上下に揺さぶった。スウェットの襟首はだらしなく伸び、決して落ちることのない皮脂汚れで黄ばんでいた。こんな奴を一時でも自分は……。そう思うと、怒りの炎はますます燃え上がった。

「信じてたんだぞ！　みんな他人のことを思いやれる、暗黙の了解の分かる大人なんだって。それをお前は、そんな俺のピュアな思いを踏みにじりやがって！」

すると男は、

「仕方なかったんだよ！　あの白い自転車が俺の場所に置いてたからムカついて」

「だったらその自転車をどかしゃあいいだろうが！　それが筋だろうが！　道理だろうが！　俺の名前が譲だから譲るとでも思ったのかよ！」

「お前の名前なんか知らないよ！　俺はもうここに十五年も住んでいて、自転車だって最初から停めてたんだ！　俺が一番金も払ってるし偉いんだ！」

「そんなもん関係ねぇだろ！　管理会社の決めたルールに従えぇぇぇぇ！」

私は男の顔を殴りつけると、鼻の穴にノズルを突っ込み、スプレーを噴射させた。びくん、と体をのけぞらせたあと、男は大きな悲鳴を上げた。さらに耳の穴にも噴射すると、今度は黒板をひっかくような金切り声が上がった。ぐったりした男の顔面を、私は殴る。何度も。止めなきゃと思うのに止められなかった。体が、意思とは関係なく動き続ける。それなのに頭の片隅では、冷静に今後のことを考えていた。

九分九厘、まず間違いなく自分は捕まるだろう。賭けてもいい。その場合、治療費と慰謝料は幾らくらいになるのか。犯罪者でも死亡保険は下りるのだろうか。家族に少しでも多くお金を残したかったのに、そのためにずっと耐えてきたのに、どうしてそれを邪魔されなければならないのか。自分は何も悪くないのに。こうなったのは自分のせいじゃないのに。よしんば自分のせいだったとしても、こうなりたくてこうなったわけじゃないのに。たまらなく胸が苦しかった。

こんなふうに、林も苦しかったのだろうか。林だけでない、他のクソ客も、トンネルですれ違ったあの男も、世の中と上手く嚙み合えず、そこから弾かれてしまった人間たちすべて。

悲痛な叫びは、もはや男のものなのか自分のものなのか分からなかった。あるいはその両方か。すべての終わりを告げるみたいに、遠くの方で消防車のサイレンの音が、小さく聞こえた気がした。

ご連絡が遅くなり申し訳ございません。柳田様のメールは何故か迷惑メールのフォルダに振り分けられておりましたため、確認が遅くなってしまいました。またご迷惑をおかけしましたこと、心よりお詫び申し上げます。柳田様のおっしゃる通り、初めから利用者様ごとに駐輪場所を振り分けておけばこのようなトラブルは起きなかったはずですのに、私共の認識が甘かったばかりに柳田様には大変不快な思いをさせてしまいました。ご要望通り、利用ルールについてあらためてアナウンスするための貼り紙を駐輪場に貼らせていただきます。ですがご存知の通り、管理人が常駐しているマンションではございませんので、また同じようなご迷惑をおかけしてしまう可能性が無いとは言い切れません。駅前には屋根付きの駐輪場もございます。そちらのご利用もご検討いただけたら幸いです。

JASRAC 出 2308315－301

**西村亨**（にしむら・りょう）
1977年、鹿児島県生まれ。東京都在住。

自《じ》分《ぶん》以《い》外《がい》全《ぜん》員《いん》他《た》人《にん》

二〇二三年一一月三〇日　初版第一刷発行
二〇二四年　二　月二〇日　初版第二刷発行

著者　西村亨
発行者　喜入冬子
発行所　株式会社筑摩書房
東京都台東区蔵前二—五—三　〒一一一—八七五五
電話番号〇三—五六八七—二六〇一（代表）
印刷　株式会社精興社
製本　加藤製本株式会社


ISBN978-4-480-80515-7　C0093

◉筑摩書房の本◉

## 色彩

阿佐元明

夢をあきらめ塗装会社で働く千秋。仕事にも慣れ、それなりに充実した日々を送るが、新人の存在がその日常に微妙な変化をひきおこす。第35回太宰治賞受賞作品。

## リトルガールズ

錦見映理子
装画・志村貴子

友人への気持ちに戸惑う中学生、絵のモデルを始めた中年教師、夫を好きになれない妻。「少女」の群像を描く、爽やかでパワフルなデビュー作！　第34回太宰治賞受賞作品。

## タンゴ・イン・ザ・ダーク

サクラ・ヒロ

地下室に引きこもる妻になんとか会おうとする僕。夫婦間に横たわる光と闇を幻想的に描く。第33回太宰治賞受賞作。書き下ろし「火野の優雅なる一日」収録。

◉筑摩書房の本◉

〈ちくま文庫〉
## 名前も呼べない
伊藤朱里

第31回太宰治賞を受賞し、その果敢な内容と巧みな描写で話題を集めた著者のデビュー作がより一層の彫琢を経て待望の文庫化！

解説　児玉雨子

〈ちくま文庫〉
## ポラリスが降り注ぐ夜
李琴峰

多様な性的アイデンティティを持つ女たちが集う二丁目のバー「ポラリス」。国も歴史も超えて思い合う気持ちが繋がる7つの恋の物語。

解説　桜庭一樹

〈ちくま文庫〉
## 無限の玄／風下の朱
古谷田奈月

死んでは蘇る父に戸惑う男たち、魂の健康を賭けて野球する女たち——赤と黒がツイストする三島賞受賞作かつ芥川賞候補作が遂に文庫化！

解説　仲俣暁生